수의사 헤리엇이 사랑한 동물들

James Herriot's Animal Stories

수의사 James Herriot
헤리엇의 이야기 7

수의사 헤리엇이
사랑한 동물들

제임스 헤리엇 지음 | 레슬리 홈스 그림 | 김석희 옮김

아시아

이 세상의 모든 크고 작은 생물들,
모든 눈부시게 아름다운 것들,
모든 똘똘하고 경이로운 것들,
그들도 모두 하느님이 만들었다.

-세실 프랜시스 알렉산더(1818~1895)

차례

머리말

　우리 아버지의 고객들 가운데 가장 나이 많고 가장 존경받는 농부로 꼽히는 토미 뱅크스 씨는 그의 농가 마당에 자신만만한 태도로 서 있는 사내아이를 내려다보았다. 아이는 뱅크스 씨의 낡은 장화와는 대조적으로 반짝반짝 빛나는 새 장화를 신고 있었다. 그 아이는 수백 차례의 농가 방문을 통해 많은 경험과 훈련을 쌓은 '수의사 조수'였는데, 그 어린 조수의 태도에서는 자기 일에 대한 자부심과 헌신이 배어 나오고 있었다. 그 소년은 바로 나였다.

　상냥한 미소가 농부의 얼굴에 퍼져갔다.

　"너도 네 아빠처럼 수의사가 될 거냐?" 농부가 물었다.

　화가 난 소년의 입에서는 농부의 허를 찌르는 대답이 튀어나왔다.

"저는 수의사예요!" 나는 허리를 꼿꼿이 펴고 90센티미터도 채 안 되는 키를 한껏 늘이면서 말했다. 나는 겁 없는 나이인 네 살이었고, 나 자신을 완전한 자격을 갖춘 수의사로 여기고 있었다. 뱅크스 씨가 껄껄 웃었지만, 그가 왜 웃는지 나는 이해할 수가 없었다.

수의사 생활이 나에게 어울린다는 확신의 원천은 바로 내 아버지인 제임스 앨프레드 와이트였다. 자신의 일에 대한 아버지의 헌신과 사랑과 열의는 네 살배기 어린애인 나에게 그대로 대물림되었다. 나는 내 미래의 직업으로 수의사가 아닌 다른 것은 생각지도 않으려 했고, 오랜 세월이 지난 뒤 아버지가 제임스 헤리엇이라는 필명으로 수백만 사람들의 마음에 수의사라는 직업의 매력을 스며들게 할 줄은 미처 깨닫지 못했다.

수의사라는 직업이 그보다 더 높은 평가와 존경을 받은 적은 일찍이 없었다. 요즘 아이들은 미래의 직업을 생각할 때 수의사 생활을 최우선으로 고려하는데, 그렇게 된 데에는 제임스 헤리엇의 책임이 크다.

아버지는 나에게 가장 좋은 친구였고, 아버지가 돌아가신 뒤 지금까지 아버지를 생각하지 않고 보낸 날은 단 하루도 없지만, 아버지가 지나간 시대에 대한 멋진 기억을 우리에게 남겨주었다는 사실로 위안을 삼곤 한다. 아버지는 이제는 사라져버린 과거의 생활방식을 생생하게 묘사했고, 인간성의 관찰자이자 작가로서 비할 데 없는 솜씨를 발휘하여 그 옛날의 생활방식을 너무나 명료하고 유쾌하게 되살려놓았다.

이 책에 실린 이야기들은 독자들을 자신의 세계로 끌어들이는 제임스 헤리엇의 타고난 재능을 여실히 보여준다. 우리는 제임스 헤리엇과 함께 그 세계에 들어가, 제임스 헤리엇이 그랬듯이 그의 삶의 일부였고 그에게 독특한 이야깃거리를 제공해준 수많은 매력적인 인물들과 성공의 기쁨이나 실망을 함께 나눈다. 레슬리 홈스의 아름다운 삽화는 이야기를 훌륭하게 보완해주고, 독자들이 제임스 헤리엇의 세계 속으로 더 깊이 들어갈 수 있도록 도와준다.

물론 나는 제임스 헤리엇을 작가로서만 기억하지는 않는다. 작가보다는 친구이자 수의사이며 둘도 없는 아버지로서의 기억이 나에게는 더 중요하다. 아버지는 힘들고 많은 시간을 바쳐야 하는 직업을 갖고 있었지만, 항상 자녀들과 함께 보낼 시간을 어떻게든 마련하곤 했다. 여동생 로지와 나는 입을 딱 벌린 채, 아버지가 읽어주는 헨리 라이더 해거드(영국의 모험 소설가[1856~1925]. 『솔로몬 왕의 보물』이 유명하다)나 H. G. 웰스 (영국의 과학 소설가[1866~1946]. 『타임머신』 『투명인간』 등을 썼다)를 비롯한 수많은 위대한 작가들의 흥미진진한 이야기에 귀를 기울이곤 했다. 아버지는 훌륭한 역사학자였고, 우리는 먼 스코틀랜드에서 벌어진 전쟁을 다시 체험하거나 대담한 탐험가들과 함께 전인미답의 육지로 항해를 떠나기도 했다. 아버지는 주위에서 일어나는 일도 재미있게 이야기해 주었고, 덕분에 우리는 아버지의 동료인 시그프리드와 트리스탄 형제, 그리고 아버지가 아는 수많은 사람들의 재미난 이야기에 웃음을 터뜨리곤 했다. 사실 우리는 『이 세상의 모든 크고 작은 생물들』의 원본을 뛰어난 이야기꾼의 입에서 직접 들었다. 이 이야기꾼은 오랜 세월이 지난 뒤, 세상 사람들도 우리의 즐거움을 함께 누릴 수 있게 해주었다.

　너무나 행복했던 어린 시절에 대해 내가 갖고 있는 뚜렷한 기억 가운데 하나는 지독한 추위다. 1940년대에 요크셔 지방의 겨울은 아이들에게는 멋진 계절이었다. 눈이 많이 내려서, 아침에 일어나 보면 세상이 온통 하얗게 변해 있을 때가 많았다. 안도 바깥도 모두 하얀 세상이었다. 우리 가족의 첫 집이었던 커크게이트 23번지는 나중에 '스켈데일 하우스'(제임스 헤리엇 시리즈에 나오는 동물병원 건물)로 유명해졌지만, 따뜻한 집이 아니어서 창문에는 아름다운 '잭 프로스트'(영국의 민간전승에 나오는 서리의 요정. 고드름이 늘어진 새하얀 의상을 입고 있다) 무늬가 생겨 있었고, 커튼은 계속 휘날렸고, 얼음처럼 차가운 돌이 깔린 복도는 집의 겨울 분위기를 모두 증언하고 있었다.

수의사 초년생이었던 그 시절에 제임스 헤리엇의 생활은 고달프기 그지없었다. 책에서 그는 피할 수 없는 야간작업을 자주 언급하고, 다른 사람들은 모두 자고 있는 시간에 멀리 떨어진 농장에서 위기에 빠진 동물을 구해달라고 부르는 전화벨 소리에 대해 언급하고 있다. 나도 낮이건 밤이건 히터도 없고 털털거리는 작은 고물차를 타고 아버지와 동행할 때가 많았다. 내가 불편해서 소리를 지르면 아버지는 "지미, 발가락을 꼼지락거려. 손뼉을 쳐!" 하고 대답하곤 했다. 나는 살아남는 법을 배워야 했다. 제임스 헤리엇의 첫 번째 '수의사 조수'로서 나는 울타리 출입문을 열고 약병을 나르고 송아지를 잡아주면서, 나중에 아버지가 작가가 되었을 때 그렇게 많은 소재를 제공해준 요크셔의 농촌과 억센 농부들과의 경험을 아버지와 공유했다.

그 시절은 고생스러웠지만, 아버지 자신의 말을 빌리면 "고

13

되기보다는 재미있었고", 이제 와서 그 시절을 돌이켜보면 나는 추위를 느끼지 않고, 오히려 세상에서 제일 좋은 아버지와 함께 보낸 행복한 시절의 온기를 느낀다.

*

요크 민스터(영국 잉글랜드 노스요크셔 카운티의 요크에 있는 영국국교회 성당)에서 아버지 추도식이 끝난 직후, 나는 아버지 전기를 써볼 생각이 없느냐는 질문을 받았다. 나는 이 도전을 받아들이면서, 제임스 헤리엇의 책을 모두 다시 읽는 것을 내 작업의 첫걸음으로 삼기로 결심했다. 대가한테서 몇 가지 조언을 얻기 위해서만이 아니라 아버지가 놀라운 성공을 거둔 이유를 분석해보기 위해서이기도 했다. 하지만 아버지의 글을 '현미경 밑에' 놓고 분석을 시도하는 건 시간 낭비일 뿐이라는 것을 곧 깨달았다. 그래서 그냥 아버지의 글을 다시 읽으면서 이야기 자체를 즐겼다. 아버지는 자신의 글이 면밀한 분석 대상이 되는 것을 결코 바라지 않았다. 독자들이 그냥 읽고 즐기는 것이 아버지의 의도였고, 이런 점은 아버지의 책에도 분명히 드러나 있다.

우리 동네에 사는 어느 농부는 헤리엇의 책 한 권을 읽고—
아버지는 이곳 사람들이 헤리엇의 책을 읽고 즐기리라고는
꿈에도 생각지 않았기 때문에 정말로 깜짝 놀랐다—그 책이
"아주 좋았지만, 모두 쓸데없는 이야기인 것 같다"고 말했다.
나는 그가 무슨 말을 하려고 했는지 알고 있다. 제임스 헤리
엇은 단순한 낱말들을 최대한 효과적으로 사용하여 일상적인
일들을 흥미로운 읽을거리로 만드는 보기 드문 능력을 갖고
있었다. 아버지의 이야기는 대부분 인간성이라는 매력적인
주제에 관한 것이고, 삶을 가장 예리하게 관찰하는 사람에 의
해 씌었다. 그는 관찰하고 이해했다. 그리고 가장 중요한 것은
동정적이고 유머감각이 뛰어난 사람의 생각을 활자로 바꾸어
책 속에 보존했다는 사실이다. 제임스 헤리엇의 이야기들은
주로 동물에 대한 이야기가 아니라 인간에 대한 이야기인 것
이다.

물론 책에 등장하는 동물들도 두드러진 역할을 하고 있다.
여러분은 책에 '헤리엇 아저씨'로 등장하는 '와이트 아저씨'
에게 맛있는 음식 바구니를 정기적으로 공급하는 인심 좋은
페키니즈 강아지인 트리키를 만나게 될 것이다. 내가 너무나
잘 기억하고 있는 그 작은 강아지는 자기가 좋아하는 아저씨

가 감사 편지를 보내면서 수취인을 '트리키 귀하'가 아니라 '트리키 군'이라고 쓰는 초보적인 실수를 저질렀을 때 깊은 상처를 받았다. 맛있는 음식의 흐름이 당장 말라버리자 아버지와 우리 가족은 몹시 당황했다. 하지만 모욕당한 강아지에게 비굴한 사과 편지를 보내자 녀석은 너그럽게 사과를 받아들였고 우리는 위기를 피할 수 있었다.

트리키, 집을 떠나기를 거부한 암소 블로섬, 고아가 되었지만 불굴의 삶의 의지를 보여준 새끼 양 허버트는 모두 인간의 속성과 동물을 한데 섞어서 짜넣는 제임스 헤리엇의 재능을 보여주는 예다. 하지만 제임스 헤리엇이 성공을 거둔 주요 원인은 등장인물에 대한 생생하고 사실적인 묘사다. 시그프리드, 트리스탄, 캘럼, 그랜빌 베넷, 그 밖에도 수많은 사람들이 독자들에게 잘 알려진 인물이 되었고, 잊을 수 없는 이들은 작가의 능숙한 묘사를 통해 생생하게 살아났다.

오래전, 초등학생 시절에 내가 모험으로 가득 찬 책을 읽고 있자 아버지가 말했다.

"지미, 고전을 읽었니? 찰스 디킨스는? 월터 스콧은?"

"그런 책은 서술 부분이 너무 많고 모험이 충분치 않아요."

아버지는 껄껄 웃었다.

"나는 서술 부분이 좋아. 그런 방법으로 위대한 작가들은 너에게 정보를 알려주고 너를 그들의 세계로 데려가는 거란다."

나는 소싯적에도 이 말을 생각해보았지만, 아버지의 책을 다시 읽어보니, 아버지 자신도 '장면을 설정하는' 재능을 갖고 있었기 때문에 아마도 그 유명한 작가들한테서 그렇게 많이 배울 수 있었으리라는 것을 깨닫게 되었다. 제임스 헤리엇의 이야기를 읽어보면 여러분도 그와 함께 그 현장에 가 있게 될 것이다. 여러분은 그와 함께 웃고, 그와 함께 울지도 모른다. 무엇보다도 그의 책을 읽은 뒤에는 기분이 좋아질 것이다.

1995년 2월, 돌아가시기 사흘 전에 아버지는 아서 코난 도일이 쓴 『하얀 기사단』(영국과 프랑스의 백년전쟁을 소재로 한 역사소설)을 읽고 있었다. 질병은 육체적으로 아버지에게 큰 타격을 주었지만, 아버지의 정신은 여전히 초롱초롱했다.

"코난 도일은 정말 대단한 작가였어." 아버지가 말했다. "나는 이 책을 여러 번 읽었다. 몇 번이나 읽었는지도 모를 정도야. 하지만 이번에 읽을 때도 여전히 처음 읽을 때만큼이나 재미있구나. 그게 위대한 작가의 특징이지."

아버지는 자신이 성공한 이유를 끝내 이해하지 못했지만, 내가 아는 게 한 가지 있다. 2월의 그날, '글쓰기 게임에서 아

마추어'를 자칭한 그 겸손하고 젠체하지 않는 사람은 그가 소
싯적에 그렇게 존경한 문학의 거인들과 자신을 뜻하지 않게
동일시하고 있었다. 제임스 헤리엇의 이야기는 몇 번이고 되
풀이해서 읽혔고, 앞으로도 계속 되풀이해 읽힐 것이다.

짐 와이트

1

고아가 된 새끼 양, 허버트

나는 봄이 왔다는 것을 불현듯 깨달았다. 3월 말이었고, 나는 언덕 비탈에 있는 우리에서 양들을 진찰하고 있었다. 일을 마치고 언덕을 내려오는 길에 바람이 미치지 않는 작은 소나무 숲에서 나무에 등을 기대고 있을 때, 내 감은 눈꺼풀을 따뜻하게 내리쬐는 햇살과 종달새들이 요란하게 지저귀는 소리, 높은 나뭇가지를 스치는 파도 같은 바람 소리를 나는 갑자기 의식했다. 그리고 담장 뒤의 긴 도랑에는 아직 눈이 남아 있고 풀은 생기를 찾지 못해 누런 겨울빛을 띠고 있었지만, 거기에도 변화가 느껴졌다. 나는 몇 달 동안 계속될 혹독한 겨울에 대비하여 갑옷 같은 차림으로 몸을 감싸고 있었기 때문에, 그것은 해방감이라고 해도 좋은 느낌이었다.

따뜻한 봄은 아니었고, 하얀 눈발이 흩날리고 마을의 풀밭에 무리 지어 피어 있는 수선화가 허리를 숙일 만큼 모진 바람이 몰아치는 메마른 봄이었다. 4월에는 갓 피어난 노란 앵초가 길가 제방을 화려하게 수놓았다.

4월에는 새끼 양들도 태어났다. 그것은 거대한 해일처럼 밀려왔고, 수의사에게는 1년 중 가장 활기차고 흥미로운 시기였다. 1년 주기의 절정이라고 말할 수 있다. 늘 그렇듯이 우리가 다른 일로 가장 바쁠 때이기도 했다.

봄이 되면 가축은 긴 겨울의 영향을 강하게 느꼈다. 소들은 사방 몇 미터밖에 안 되는 좁은 외양간에 몇 달 동안이나 서 있었기 때문에 싱싱한 풀을 뜯고 등허리에 햇볕을 쬐고 싶은 간절한 욕구에 사로잡혔지만, 송아지들은 질병에 대한 저항력이 거의 없었다. 우리가 소들의 기침과 감기, 폐렴과 아세톤 혈증에 어떻게 대처할 수 있을지를 걱정하고 있을 때, 양들이 일제히 새끼를 낳는 그 거대한 물결이 우리를 덮쳤다.

이상한 건 1년 중 약 열 달 동안은 양들이 우리의 생활계획표에 거의 들어오지 않는다는 것이다. 그들은 그저 언덕 위의 털북숭이에 지나지 않았다. 하지만 나머지 두 달 동안은 다른 놈들을 압도하다시피 그 존재감을 과시한다.

우선 초기 질병인 임신중독증과 탈장이 찾아온다. 이어서 새끼들이 집중적으로 태어나면 어미들은 칼슘결핍증에 시달리거나 젖통이 검게 변하고 살갗이 벗겨지는 무서운 괴저성 유선염에 걸린다. 그리고 새끼들은 척추만곡증이나 콩팥이 펄프처럼 걸쭉해지는 신장연화증이나 설사병에 걸린다. 이 질병의 홍수는 차츰 잦아들어 졸졸 흐르는 개울이 되고, 5월 말쯤에는 거의 다 말라붙게 된다. 그러면 양들은 다시 언덕 위의 털북숭이가 된다.

하지만 수의사로 일하기 시작한 첫해부터 나는 이 일에 매력을 느꼈고, 아직도 그 매력에서 벗어나지 못하고 있다. 양의 출산을 돕는 일은 암소의 출산을 돕는 일처럼 중노동을 요구하지 않으면서도 송아지를 받는 것만큼 짜릿하게 느껴졌다. 양의 출산은 대개 야외에서 이루어지기 때문에 별로 쾌적하지는 않았다. 양들은 짚단과 문짝 따위로 즉석에서 대충 만든 임시 우리에서 새끼를 낳기도 했지만, 그보다는 바람막이도 없는 들판에서 낳는 경우가 더 많았다. 암양이 따뜻한 곳에서 새끼를 낳고 싶어 할지도 모른다는 생각이나, 수의사가 셔츠 바람으로 비를 맞으며 한 시간 동안 무릎을 꿇고 있는 것을 즐겁게 여기지 않을 수도 있다는 생각은 농부들의 머리에 전혀 떠오르지 않는 것 같았다.

그러나 실제로 하는 일은 노래를 부르는 것만큼이나 쉬웠다. 더구나 송아지의 잘못된 태위를 바로잡아본 경험이 있는 나로서는 새끼 양처럼 작은 동물을 다루는 것은 즐거운 일이었다. 새끼 양은 대개 두세 마리씩 태어나는데, 어미의 자궁 속에서 이따금 이상한 혼란이 일어난다. 자기가 먼저 나가려

고 하다가 머리와 다리가 서로 뒤엉키는 것이다. 그것들을 분류하여 어느 다리가 어느 머리에 속하는지를 판단하는 것이 수의사의 일이다. 나는 이 일을 즐겼다. 이때만은 내가 환자

보다 힘도 세고 덩치도 크다는 것을 실감할 수 있었다. 그것은 유쾌한 기분전환이 되었지만, 그렇다고 내가 이 우월함을 지나치게 강조한 것은 아니었다. 그 당시 나는 양의 출산에서 수의사가 명심해야 할 것은 딱 두 가지—청결과 참을성—라는 생각을 갖게 되었는데, 이 생각은 지금도 바뀌지 않았다.

어린 짐승들은 모두 매력적이지만, 특히 새끼 양들은 불공평하다 싶을 정도로 많은 매력을 타고났다. 몇몇 순간이 기억에 생생히 되살아난다. 모진 바람이 휘몰아치는 언덕 비탈에서 쌍둥이를 받은 어느 혹독하게 추운 저녁. 새끼 양들은 경련하듯 머리를 흔들었고, 몇 분도 지나기 전에 한 녀석이 비틀거리며 일어나더니 안짱다리로 휘우뚱거리며 어미 젖통을 향해 다가갔고, 또 한 녀석은 무릎걸음으로 단호하게 그 뒤를 따라갔다.

양치기는 귀까지 끌어올린 두꺼운 외투로 비바람에 거칠어진 자줏빛 얼굴을 가린 채 천천히 키득거렸다.

"저 녀석들은 어떻게 아는 걸까?"

이런 장면을 수천 번이나 보았는데도 그는 여전히 신기한 모양이었다. 그건 나도 마찬가지였다.

어느 따뜻한 오후에 새끼 양 200마리가 하나의 헛간 안에 모여 있던 기억도 떠오른다. 새끼 양들에게 신장연화증 예방 주사를 놓는 중이었는데, 새끼들은 새된 소리로 항의하듯 울어대고 헛간 밖에서는 100여 마리의 암양들이 불안한 듯 맴돌며 굵고 낮은 소리로 끊임없이 울어댔기 때문에 우리는 대화조차 나눌 수 없었다. 이 어미 양들이 똑같아 보이는 그 작은 새끼 양들 속에서 어떻게 제 자식을 가려낼 수 있는지, 나는 상상도 할 수 없었다. 우리 같으면 몇 시간은 걸리지 않을까.

그런데 암양은 25초 정도 걸렸다. 우리는 주사 놓는 일을 마치자 헛간 문을 열었고, 새끼 걱정에 마음이 초조해진 어미들이 일제히 달려와 헛간에서 쏟아져 나오는 새끼들을 맞이했다. 처음에는 귀청이 터질 만큼 시끄러웠지만, 뿔뿔이 흩어진 양들을 모두 몰아서 한데 모으면 그 소리는 곧 잦아들어 이따금 매애 하고 우는 소리가 들릴 뿐이었다. 그러면 어미와 새끼가 질서정연하게 짝을 지은 양 떼는 침착하게 목초지로 향했다.

*

그날 아침, 나는 농장으로 와달라는 로브 벤슨의 전화를 받았다.

풀이 무성한 언덕마루에 짚단으로 지어놓은 우리에는 새끼를 거느린 암양을 한 마리씩 넣어둔 칸막이 방들이 길게 늘어서 있었다. 로브가 사료통을 양손에 들고 저쪽 모퉁이를 돌아서 나오는 것이 보였다. 로브는 무척 바빴다. 연중 이맘때면 달포 동안이나 침대에 들어가지 않았다. 밤에는 부엌 난롯가에서 장화만 벗은 채 선잠을 자기도 하겠지만, 양들을 손수 돌보고 있기 때문에 절대로 현장을 멀리 떠나지 않았다.

"오늘은 두어 마리만 봐주세요." 로브는 세월의 풍상에 갈라지고 구릿빛이 다 된 얼굴로 싱긋 웃었다. "사실 필요한 건 선생님이 아니라, 여자 손처럼 작고 잽싼 그 손이지만요."

로브는 양이 여러 마리 들어 있는 좀 더 큰 우리로 나를 데려갔다. 우리가 들어가자 양들은 후닥닥 달아났지만, 로브는 쏜살같이 달려가는 암놈의 털을 솜씨 좋게 움켜잡았다.

"이게 첫 번째 녀석입니다. 시간이 별로 없다는 건 아시겠지요?"

나는 털이 난 꼬리를 들어 올려 보고 놀라서 숨을 삼켰다. 새끼의 머리가 어미의 질에서 튀어나와 있고, 음순이 새끼의 뒷덜미를 꽉 조이고 있었다. 새끼의 머리는 피가 통하지 않아서 보통 크기의 두 배로 부풀어 오른 상태였다. 눈은 퉁퉁 부은 눈꺼풀에 덮여 거의 보이지 않았고, 입에서 축 늘어진 혀는 충혈되어 푸르죽죽한 빛을 띠고 있었다.

"머리가 큰 녀석은 가끔 보았지만, 이 녀석이 일등상을 타겠군요."

"게다가 그 큰 머리통부터 나왔으니, 나로서는 어떻게 해볼 도리가 없더군요. 내가 한 시간쯤 자리를 비웠다가 돌아와 보니까 벌써 머리가 축구공처럼 빵빵해져 있는 거예요. 이렇게 되는 건 순식간이죠. 녀석이 다리를 돌리려고 애쓰는 건 알지만, 이런 권투 글러브 같은 손으로 뭘 할 수 있겠습니까?"

그는 오랜 노동으로 거칠어진 손을 내밀어 보였다. 그가 말하는 동안 나는 재킷을 벗고 셔츠 소매를 걷어 올렸다. 추위로 오그라든 내 피부를 바람이 칼처럼 찔렀다. 나는 재빨리 비누로 손을 씻고 새끼 양의 목 주위를 더듬기 시작했다. 새끼가 가느다란 눈을 뜨고 우울하게 나를 바라보았다.

"어쨌든 아직 살아 있군요. 하지만 기분이 끔찍할 겁니다. 게다가 자기는 속수무책이니."

나는 천천히 새끼 양의 목 주위를 더듬다가 손을 밀어 넣을 만한 공간을 찾아냈다. 이런 때야말로 나의 '여자 같은' 손이

진가를 발휘한다. 나는 해마다 봄이면 유용하게 쓰이는 내 손에 감사했다. 양들은 야외에서 추운 날씨를 견디는 인내심은 강하지만 거친 취급은 참으려 하지 않기 때문에, 암양들에게 되도록 불쾌감을 주지 않고 몸속에 손을 집어넣는 게 아주 중요했다.

나는 곱슬곱슬한 털이 나 있는 새끼 양의 목을 따라 어깨 쪽으로 조금씩 조심스럽게 손을 집어넣었다. 어깨에서 조금 더 들어가자 다리에 손가락 하나를 걸 수 있었다. 다리를 앞으로 잡아당기자 무릎의 굴곡 부위가 손에 닿았다. 다리를 따라 조금 내려가니 발굽이 난 작은 발이 만져졌다. 나는 그 발을 밝은 햇빛 속으로 조심스럽게 끄집어냈다.

그것으로 일의 절반은 끝났다. 나는 무릎을 꿇고 있던 마대에서 일어나 따뜻한 물이 담긴 양동이 쪽으로 걸어갔다. 나머지 한쪽 발을 꺼낼 때는 왼손을 사용할 작정이었다. 그래서 비누로 왼손을 씻기 시작했다. 바로 그때 새끼들을 거느린 암양 한 마리가 성난 듯이 나를 노려보며 경고의 표시로 발을 한 번 굴렀다.

나는 다시 무릎을 꿇고 아까와 같은 작업을 되풀이하기 시작했다. 내가 다시 암양의 몸속으로 손을 집어넣을 때 작은 새끼

한 마리가 내 겨드랑이 밑으로 재빨리 기어 와서는 내버려 두는 내 환자의 젖을 빨기 시작했다. 바로 내 코앞에서 빙빙 도는 작은 꼬리가 행복한 기분을 표출한 거라면, 새끼 양은 그 일을 즐기고 있는 게 분명했다.

"도대체 이 녀석은 어디서 튀어나온 겁니까?" 나는 여전히 암양의 몸속을 더듬으면서 물었다.

농부가 빙그레 웃었다.

"아아, 그 녀석은 허버트예요. 가엾게도 어미한테 버림받았지 뭡니까. 어미가 받아주려고 하질 않는 거예요. 다른 새끼는 애지중지하면서도 허버트한테는 태어날 때부터 앙심을 품었지요."

"그럼 허버트한테 젖은 누가 먹입니까? 아저씨가요?"

"아뇨. 처음엔 별도 우리에 넣어서 키우려고 했는데, 제 스스로 젖을 얻어먹더군요. 어미 양들 사이를 돌아다니다가 기회가 있을 때마다 재빨리 한 모금씩 빨아먹곤 하는 거예요. 저런 녀석은 난생처음 보았어요."

"태어난 지 일주일밖에 안 됐는데 벌써 자립정신을 갖고 있다는 겁니까?"

"그런 모양이에요. 아침마다 배가 불룩한 걸 보면, 밤에는

어미도 저 녀석이 제 몫을 찾아먹는 걸 내버려 두는 것 같아
요. 어두워서 보이질 않는 거죠. 어미가 참지 못하는 건 녀석
의 겉모양인 게 분명합니다."

나는 작은 새끼 양을 잠시 관찰했다. 뻗정다리로 불안하게
서 있는 모습은 다른 새끼들 못지않게 귀여워 보였다. 양은 정
말 묘한 동물이었다.

나는 곧 다리 하나를 마저 꺼냈다. 장애물이 제거되자 새끼
는 쉽게 밖으로 빠져나왔다. 짚을 깐 풀밭에 누워 있는 새끼는
괴상한 모습이었다. 머리가 너무 커서 몸이 왜소해 보였다. 하
지만 갈빗대는 나를 안심시키듯 규칙적으로 오르내리고 있었
다. 머리는 부풀어 올랐을 때만큼 순식간에 정상적인 크기로
오그라들 것이다. 나는 혹시나 해서 어미의 몸속을 다시 한 번
더듬어보았지만, 자궁은 텅 비어 있었다.

"이젠 더 없습니다."

"그럴 줄 알았어요. 큰 새끼 한 마리뿐인가요. 문제를 일으
키는 건 바로 저런 녀석들이죠."

나는 팔을 닦으면서 허버트를 관찰했다. 내 환자가 제 새끼
를 핥아주려고 몸을 돌렸을 때, 허버트는 이미 내 환자 곁을
떠나 다른 암양들 사이를 위태롭게 돌아다니고 있었다. 암양

31

들은 머리를 흔들어 허버트를 쫓아내기도 했지만, 결국 녀석은 몸통이 넓적한 암양 곁으로 살금살금 다가가서 배 밑으로 고개를 밀어 넣는 데 성공했다. 그러자 암양은 홱 돌아서서 단단한 두개골로 작은 새끼 양을 힘껏 들이받았다. 허버트는 네 다리를 도리깨처럼 휘두르며 높이 날아가다가 쿵 소리와 함께 거꾸로 착륙했다. 내가 급히 달려가자 허버트는 발딱 일어나 종종걸음으로 도망쳐버렸다.

"이 못된 녀석!" 농부가 암양에게 고함을 질렀다. 내가 놀라서 돌아보자 그는 어깨를 으쓱했다. "다른 어미의 젖을 훔쳐 먹는 건 위험하고 힘들지만, 그래도 허버트는 별도 우리에서 살기보다는 이런 식으로 살고 싶어 하는 것 같습니다. 저것 좀 보세요."

허버트는 호되게 당하고도 전혀 주눅 든 기색 없이 다른 암양에게 다가가고 있었다. 그 암놈이 여물통으로 고개를 숙이자 허버트는 잽싸게 배 아래로 기어들어갔다. 허버트의 꼬리가 다시 움직이기 시작했다. 녀석이 두둑한 배짱과 근성을 타고난 건 의심할 여지가 없었다.

로브가 두 번째 환자를 붙잡았을 때 나는 물어보았다.

"왜 허버트라고 부르세요?"

"허버트는 내 막내아들 이름인데, 그릇에 코를 박고 열심히 먹어대는 모습이 꼭 닮았어요. 겁이 없는 것도 비슷하고."

나는 두 번째 암양의 몸속에 손을 집어넣었다. 여기에는 새끼 세 마리가 뒤엉켜 있었다. 작은 머리와 다리와 꼬리가 서로 먼저 바깥세상으로 나가려고 다투다가 모두 옴짝달싹도 못하게 된 상태였다.

"오전 내내 서성거리면서 진통에 시달렸어요. 그래서 뭔가 잘못됐다는 걸 알았지요."

나는 한 손을 조심스럽게 움직여 뒤엉킨 새끼들을 분류하는 흥미진진한 작업에 착수했다. 이것은 내가 가장 좋아하는 일이다. 한 마리를 꺼내기 위해서는 머리와 두 다리를 한데 모아야 하지만, 그것이 같은 녀석의 머리와 다리가 아니면 문제가 생긴다. 다리를 하나씩 더듬어서 그 다리가 뒷다리인지 앞다리인지, 어깨와 이어져 있는지 아니면 자궁 안쪽으로 사라져 버렸는지를 알아내야 한다.

잠시 후 나는 자궁 안에서 새끼 한 마리의 머리와 두 다리를 제대로 모으는 데 성공했지만, 다리를 끄집어낼 때 목이 움츠러들면서 머리가 뒤로 미끄러졌다. 골반뼈는 머리와 어깨가 함께 통과하기에는 빠듯했다. 나는 눈구멍에 손가락을 대고

33

누르면서 살살 머리를 끄집어내야 했다. 골반뼈가 내 손을 짓눌러서 저절로 신음소리가 날 만큼 아팠지만, 고통은 겨우 몇 초 만에 끝났다. 어미가 마지막으로 힘을 주자 작은 코가 시야에 들어왔기 때문이다. 그다음은 쉬웠다. 몇 초도 지나기 전에 나는 새끼를 풀밭에 내려놓았다. 작은 새끼 양은 머리를 발작적으로 흔들었다. 농부는 짚으로 재빨리 새끼를 닦은 다음, 어미의 머리 쪽으로 밀어냈다.

어미는 고개를 숙여 새끼의 얼굴과 목을 핥기 시작했다. 어미의 목구멍 속에서 만족스럽게 낄낄대는 소리가 들려왔다. 양이 그런 소리를 내는 것은 오직 이때만 들을 수 있다. 나는 낄낄대는 소리를 들으면서 남은 두 마리의 새끼를 꺼냈다. 한 마리는 엉덩이가 먼저 나왔다. 나는 다시 수건으로 팔을 닦으면서 어미가 기쁜 듯이 세쌍둥이에게 코를 비벼대는 것을 지켜보았다.

새끼들은 이내 꼬리를 흔들고 새된 소리로 울면서 어미에게 응답하기 시작했다. 내가 추워서 빨개진 팔에 코트 소매를 꿰고 있을 때, 첫 번째 새끼가 비틀거리며 무릎을 땅바닥에 대고 일어나기 시작했다. 네 발로 일어서지 못하고 계속 앞으로 고꾸라졌지만, 새끼는 자기가 어디로 가야 하는지 알고 있었다.

어미의 젖이 목적지였고, 그곳에 가는 목적은 하나뿐이었다. 그리고 그 목적은 이제 곧 충족될 터였다.

짚단을 넘어온 바람이 얼굴을 후려쳤지만 나는 그 광경을 내려다보며 흐뭇한 미소를 짓고 있었다. 그것은 아무리 보아도 언제나 신선한 경이로움이고, 설명할 수 없는 기적이다.

*

며칠 뒤에 로브 벤슨이 다시 전화를 걸어왔다. 일요일 오후였다. 로브의 목소리는 잔뜩 긴장해 있었다. 아니, 거의 공포에 질려 있었다.

"새끼 밴 암양들 사이에 개 한 마리가 들어왔어요. 점심때쯤 웬 사람들이 차를 몰고 여기 왔는데, 그들이 데려온 셰퍼드가 양들을 쫓아다니는 것을 이웃 사람이 보았답니다. 목초지 전체가 엉망이에요. 나는 너무 겁이 나서 보러 갈 수도 없어요."

"곧 가겠습니다."

나는 수화기를 내려놓고 서둘러 차에 올라탔다. 맞닥뜨리게 될 광경을 보기가 두렵고 맥이 빠졌다. 목이 찢긴 채 나뒹굴고 있는 무력한 양들, 갈기갈기 찢긴 팔다리. 전에도 그런 광경을 본 적이 있었다. 도살할 필요가 없는 양은 상처를 꿰매주어야 할 것이다. 로브의 농장으로 가는 동안 트렁크에 봉합사가 얼마나 들어 있는지를 속으로 점검했다.

새끼를 밴 암양들은 길가 목초지에 있었다. 담장 너머로 목초지가 보이자 가슴이 두근거렸다. 나는 거친 돌담 위에 두 팔을 올려놓고 목초지를 둘러보았다. 너무 놀라서 속이 울렁거렸다. 걱정했던 것보다 더 심했다. 길게 비탈진 풀밭에 양들이 점점이 흩어져 있었다. 쉰 마리쯤 되는 양들이 꼼짝도 않고 엎드려 있어서, 초록빛 풀밭에 띄엄띄엄 쌓아둔 양털 무더기처럼 보였다.

로브가 출입문 안쪽에 서 있었다. 그는 나를 쳐다보지도 않고 고갯짓만으로 나를 맞았다.

"어떻게 해야 좋을지 모르겠어요. 감히 저 안에 들어갈 용기가 나지 않습니다."

나는 그를 문간에 남겨둔 채, 개한테 습격당한 양들 사이를 걸어 다니며 조사하기 시작했다. 엎드린 양을 눕혀서 다리를 들어 올리고 목털을 헤집어보았다. 일부는 완전히 의식을 잃었고 나머지도 거의 혼수상태였다. 일어설 수 있는 양은 한 마리도 없었다. 하지만 목초지를 따라 올라가는 동안 점점 당혹감을 느꼈다. 마침내 나는 농부를 불렀다.

"아저씨, 이리 좀 와보세요. 뭔가 이상해요."

농부가 머뭇거리며 다가오자 나는 말을 이었다.

"보세요. 피 한 방울 떨어져 있지 않고 어디에도 상처가 없는데, 양들이 모두 맥없이 쓰러져 있어요. 도무지 이해할 수가 없군요."

로브는 허리를 굽혀 축 늘어진 양의 머리를 가만히 들어 올렸다.

"정말 그렇군요. 그럼 도대체 어떻게 된 거죠?"

그 순간에는 그의 질문에 대답할 수 없었지만, 마음속에서 희미한 종소리가 울리고 있었다. 농부가 방금 만진 암양한테는 어딘지 모르게 낯익은 데가 있었다. 그 양은 가슴을 땅바닥에 대고 몸을 지탱할 수 있는 몇 마리 가운데 하나였다. 아무 것도 보이지 않는 듯이 멍한 눈으로 엎드려 있었지만…… 술에 취한 것처럼 까딱거리는 머리, 코에서 줄줄 흘러내리는 분비물…… 전에도 분명히 본 적이 있었다. 나는 무릎을 꿇고 암양한테 얼굴을 바싹 들이댔다. 그러자 목구멍에서 거품 이는 소리가 희미하게 들렸다. 그제야 나는 사태를 알아차렸다.

"칼슘결핍증입니다." 나는 소리를 지르며 차를 세워둔 비탈 아래로 달려 내려가기 시작했다.

로브도 나와 나란히 달렸다.

"그게 뭡니까? 그건 새끼를 낳은 뒤에 걸리는 병 아닌가요?"

"대개는 그렇지요." 나는 헐떡이며 말했다. "하지만 갑자기 몸을 심하게 움직이거나 스트레스를 받으면 걸릴 수도 있어요."

"그건 미처 몰랐군요." 로브도 숨을 헐떡거렸다. "어떻게 그런 일이 일어나죠?"

나는 대답하지 않았다. 부갑상선의 갑작스러운 이상이 초래하는 결과를 장황하게 설명할 생각은 없었다. 그보다는 쉰 마리 양에게 주사할 칼슘이 자동차 트렁크에 들어 있는지가 걱정이었다. 골판지 상자에 둥근 양철 뚜껑이 즐비하게 늘어서 있는 것을 보았을 때는 저절로 안도의 한숨이 나왔다. 최근에 칼슘을 보충해둔 게 분명했다.

나는 내 진단을 확인하기 위해 첫 번째 암양의 혈관에 칼슘을 주사했다. 양의 경우에는 칼슘이 빨리 효과를 나타낸다. 의식을 잃고 있던 암양이 눈을 깜박거리며 몸을 떨다가 가슴을 땅바닥에 대고 일어나려 애쓰는 것을 보자 조용한 기쁨이 나를 감쌌다.

"다른 양들은 피하주사를 놓읍시다. 그러면 시간이 절약되니까요."

나는 목초지를 따라 올라가면서 작업하기 시작했다. 로브는 내가 팔꿈치 바로 뒤의 노출된 피부에 주삿바늘을 찌를 수 있도록 양의 앞다리를 앞으로 잡아당겼다. 비탈을 절반쯤 올라갔을 때는 비탈 아래쪽에 있는 양들이 벌써 일어나 걸어 다니고, 여물통과 건초 시렁에 고개를 처박고 있었다.

내 수의사 생활에서 가장 뿌듯한 경험 가운데 하나였다. 나는 별로 영리하지는 못했지만, 그 변화는 마술을 부린 듯했다. 불과 몇 분 사이에 절망이 희망으로, 죽음이 삶으로 바뀌었으니 말이다.

내가 빈 약병들을 트렁크에 던져 넣고 있을 때 로브가 목초지 끝에서 마지막으로 주사를 맞은 양들이 비틀거리며 일어나고 있는 것을 경탄하는 눈으로 쳐다보며 말했다.

"정말이지 이런 경험은 난생처음입니다. 그런데 한 가지 궁금한 게 있는데요." 그가 나를 돌아보았다. 세월의 풍상에 시달린 얼굴이 곤혹스러운 표정을 짓고 있었다. "개한테 쫓겨 다닌 게 양한테 영향을 줄 수 있다는 건 알겠지만, 어떻게 양 떼 전체가 똑같은 병에 걸렸을까요?"

"그건 나도 모릅니다."

30년이 지난 지금도 나는 궁금하다. 어떻게 양 떼 전체가 같은 병으로 쓰러졌는지, 아직도 알 수가 없다.

*

나는 로브를 더 이상 걱정시키고 싶지 않아서, 사냥개 소동 때문에 다른 문제가 생길 수도 있다는 말은 하지 않았다. 며칠 뒤 로브가 다시 전화로 왕진을 부탁했을 때 나는 놀라지 않았다.

이번에도 나는 짚단으로 만든 우리 위로 바람이 휘몰아치는 언덕 비탈에서 로브를 만났다. 새끼 양들이 계속 태어나, 그곳은 어느 때보다도 시끄러웠다. 로브는 나를 환자에게 데려갔다.

"뱃속에 죽은 새끼가 가득 들어 있는 것 같아요."

로브는 고개를 축 늘어뜨린 채 가쁜 숨을 몰아쉬고 있는 암양을 가리키며 말했다. 암양은 꼼짝도 않고 서 있었다. 내가 다가가도 달아나려는 기색조차 보이지 않았다. 정말로 몹시 아픈 게 분명했다. 썩는 냄새가 풍겨왔을 때 나는 농부의 진단이 옳다는 것을 알았다.

"사냥개한테 쫓겨 다녔으니까 적어도 한 마리 정도는 사산할 줄 알았어요. 어쨌든 새끼를 꺼내봅시다."

이런 출산은 매력이 없지만, 어미의 목숨을 구하기 위해서는 어쩔 수 없다. 새끼들은 썩어서 악취를 풍겼고 어미의 배는 부패 가스로 팽창해 있었다. 나는 어미한테 불쾌감을 주지 않고 작은 시체를 꺼내기 위해 날카로운 메스로 새끼의 다리를 어깨에서 잘라냈다. 일을 다 마쳤을 때 암양은 머리를 땅바닥에 닿을 만큼 숙이고 숨을 헐떡이며 이를 갈고 있었다. 나는 어미에게 줄 것이 아무것도 없었다. 어미가 핥아줄 새끼, 삶에 대한 관심을 되살려줄 새끼, 꼼지락거리는 새 생명을 어미에게 안겨줄 수는 없었다. 어미에게 필요한 것은 페니실린 주사였지만, 그때는 1939년이었다. 항생제가 등장하려면 좀 더 기다려야 했다.

41

"이놈은 별로 가망이 없는 것 같군요." 로브가 투덜거렸다.
"선생님이 해줄 수 있는 일이 더 있나요?"

"몸속에 페서리를 좀 넣어주고 주사를 놓겠지만, 가장 필요
한 건 돌봐줄 새끼입니다. 잘 아시겠지만 이런 상태의 암양들
은 돌봐줄 새끼가 없으면 대개 삶을 포기해버리거든요. 이 녀
석한테 새끼를 한 마리 붙여주면 좋겠는데, 남아도는 새끼는
없겠지요?"

"지금은 없습니다. 하지만 이놈은 지금 당장 새끼가 필요해
요. 내일이면 늦을 겁니다."

바로 그 순간, 낯익은 모습이 눈길에 잡혔다. 어미한테 버림
받은 허버트였다. 젖을 찾아 암양들 사이를 돌아다니고 있었
기 때문에 쉽게 알아볼 수 있었다.

"이 암놈이 저 녀석을 받아들일까요?"

나는 농부에게 물었다. 로브는 미심쩍은 표정을 지었다.

"글쎄요, 잘 모르겠는데요. 허버트는 좀 나이가 들었어요.
태어난 지 보름이 다 됐는데, 암양들은 갓난 새끼를 좋아하니
까요."

"그래도 한번 시도해볼 가치는 있잖습니까? 오래된 속임수
를 써보면 어떨까요?"

로브는 싱긋 웃었다.

"좋습니다. 밑져야 본전이죠. 어쨌든 저 녀석은 갓난 새끼보다 별로 크지 않아요. 제 형제들만큼 빨리 자라지 못했어요."

로브는 주머니칼을 꺼내 죽은 새끼 양의 가죽을 재빨리 벗겼다. 그러고는 허버트의 등과 뱃구레를 가죽으로 감싸고 단단히 동여맸다.

"가엾은 것. 이 녀석한테는 아무것도 없어요." 로브가 중얼거렸다. "이게 효과가 없으면 별도 우리에 들어가게 될 겁니다."

일을 마치자 로브는 허버트를 풀밭에 놓아주었다. 굳센 의지를 가진 꼬마 녀석은 곧장 아픈 암양의 배 밑으로 파고들어 젖을 빨기 시작했다. 작은 머리로 젖을 몇 번 들이받는 것으로 보아 젖이 잘 나오지 않는 모양이었다. 하지만 곧 꼬리를 흔들기 시작했다.

"어쨌든 허버트가 젖을 먹게 내버려 두고 있군요." 로브가 소리 내어 웃었다.

허버트는 누구나 관심을 갖지 않을 수 없는 녀석이었다. 암양은 몹시 아팠지만, 허버트를 보려고 고개를 돌릴 수밖에 없었다. 암양은 허버트의 몸에 묶인 가죽에 코를 대고 어정쩡한 태도로 냄새를 맡았다. 하지만 몇 초 뒤에는 가죽을 재빨리 핥기 시작했고, 목구멍 속에서 귀에 익은 낄낄대는 소리를 내기 시작했다.

나는 장비를 챙겼다.

"허버트가 성공했으면 좋겠군요. 암양도 허버트도 서로를 필요로 하고 있으니까요."

내가 우리를 나올 때, 새 코트를 입은 허버트는 아직도 열심히 젖을 빨고 있었다.

*

그 후 일주일 동안 나는 코트를 입고 있을 때가 거의 없었다. 돌봐야 할 양이 밀려들어서, 날마다 이곳저곳을 돌아다니며 뜨거운 물이 담긴 양동이 속에 팔을 넣었다 뺐다 하면서 시간을 보냈다. 우리나 컴컴한 헛간 구석에서 일할 때도 있었지만, 대개는 탁 트인 들판이 내 일터였다. 당시 농부들은 수의사가 셔츠 바람으로 비를 맞으며 한 시간 동안 무릎을 꿇고 있는 것을 보고도 태연했기 때문이다.

나는 로브 벤슨의 농장을 한 번 더 방문했다. 새끼를 낳은 뒤 자궁이 밖으로 빠져나온 암양을 치료하기 위해서였다. 암소의 자궁을 제자리에 돌려놓으려면 한바탕 진땀을 빼야 하지만, 암양의 자궁탈은 거기에 비하면 그야말로 식은 죽 먹기였다. 이 일을 할 때 가장 큰 즐거움은 바로 그것이었다.

치료는 어이없을 만큼 쉬웠다. 로브가 암양을 옆으로 눕히고 뒷다리에 밧줄을 묶은 다음, 밧줄 끝을 제 목에 감고 양을 거꾸로 들어 올렸다. 이 자세에서는 암양이 몸에 힘을 줄 수가 없다. 나는 자궁을 소독하여 암양의 몸속에 쑥 밀어 넣고, 팔을 살며시 집어넣어 자궁을 제자리에 돌려놓는 마무리 작업을 했다.

치료가 끝나자 암양은 급속히 불어나고 있는 무리와 합류하기 위해 새끼들을 데리고 언제 아팠더냐 싶게 종종걸음으로 달려갔다. 사방에서 울어대는 양들 때문에 귀가 먹먹했다.

"보세요!" 로브가 외쳤다. "저기 그 암놈이 허버트와 함께 있군요. 저기 오른쪽, 저 무리 한복판에."

내 눈에는 양들이 모두 똑같아 보였지만, 양치기들이 모두 그렇듯이 로브도 자기가 치는 양들을 일일이 구별할 수 있었다. 그들의 눈에는 양들도 사람과 마찬가지로 저마다 달랐다. 그래서 로브는 허버트와 암양을 쉽게 알아보았던 것이다.

허버트와 암양은 목초지 꼭대기 근처에 있었다. 나는 자세히 보고 싶어서, 로브와 함께 두 녀석을 구석으로 몰아넣었다. 소유욕이 유난히 강한 암양은 우리가 다가가자 위협하듯 발을 굴렀다. 털 코트를 벗어버린 허버트는 새엄마 옆구리에 찰싹 달라붙었다. 허버트는 포동포동 살이 올라 있었다.

　"이제는 허버트를 꼬맹이라고 부를 수 없겠는데요."

　내가 말하자 농부는 껄껄 웃었다.

　"저 암놈은 젖통이 암소만 해요. 허버트는 젖을 실컷 먹고 있지요. 이만저만 호강하는 게 아니랍니다. 허버트가 저 암놈의 목숨을 살렸어요. 살아날 가망이 전혀 없었는데, 허버트가 오자 순식간에 건강해졌으니까요."

　나는 시끄러운 우리를 둘러보고, 목초지를 떼 지어 돌아다니는 수백 마리의 양들을 둘러보았다. 그러고는 다시 농부를 돌아보며 말했다.

　"요즘 우리가 너무 자주 만난 것 같은데, 이번이 마지막 왕진이 되었으면 좋겠군요."

　"아마 그럴 겁니다. 이제 거의 다 끝났어요. 하지만 양이 새끼를 낳는 철은 정말 굉장하지 않습니까?"

　"그래요. 나는 이만 가봐야겠습니다."

나는 돌아서서 언덕 비탈을 내려왔다. 소매에 닿은 팔이 쓰리고 따끔거렸다. 풀밭 위로 휙 불어온 바람이 채찍처럼 얼굴을 후려쳤다. 나는 출입문 앞에 멈춰 서서 잔설이 밭이랑처럼 줄무늬를 그리고 있는 넓은 목초지를 돌아보았다. 바람에 날아가는 회색 구름과 그 뒤를 따라가는 짙푸른 하늘이 마치 제방과 호수처럼 보였다. 구름이 흩어지자 순식간에 들판과 돌담과 숲은 생기를 띠었다. 햇빛이 너무 부셔서 눈을 감아야 했다. 멀리서 양들의 울음소리가 희미하게 들려왔다. 가장 낮은 소리에서부터 가장 높은 소리까지 온갖 소리가 조화를 이루고 있었다. 젖 달라고 우는 소리, 걱정하는 소리, 화내는 소리, 사랑에 넘치는 소리.

양들의 소리, 봄의 소리.

2

말에게 얻은 교훈

수의업의 역사에서 가장 극적인 사건은 아마도 짐말의 소멸일 것이다. 수의사라는 직업의 명예이자 대들보였던 짐말이 불과 몇 년 사이에 조용히 사라진 것은 믿을 수 없는 사실이다. 그리고 나는 그런 일이 일어나는 것을 현장에서 직접 목격한 사람들 가운데 하나였다.

내가 대러비에 처음 왔을 때는 이미 트랙터가 짐말을 대신하기 시작했지만, 농경 사회에서는 전통이 좀처럼 사라지지 않는 법이어서 주위에는 아직도 말들이 많이 남아 있었다. 내가 받은 수의학 교육은 말과 관련된 것에 초점이 맞추어져 있었고 다른 것은 모두 부차적인 것이었지만, 나는 전에도 지금도 그리고 앞으로도 진정한 승마인은 아니라는 것을 인정할 수밖에 없다. 그 용어를 정의하기는 어렵지만, 승마인은 재능을 타고나거나 아주 어렸을 때 그 재능을 습득한다고 나는 확신한다. 나는 아픈 말을 효과적으로 치료하는 능력을 가졌고 말을 찬미하며 감탄하는 마음을 가지고 있지만, 그런 동물을 달래고 진정시키는 진정한 승마인의 힘은 내 능력 밖에 있다. 내 인생을 돌이켜보면서, 말에 대한 내 태도에 영향을 미쳤을지도 모르는 일이 있었는지를 생각해보았다. 그러자 기억이 났다.

*

학창시절의 일이다. 그때 나는 열일곱 살이었고, 수의과 대학의 아치문 아래를 지나 강의실로 걸어가는 중이었다. 대학생이 된 지 사흘밖에 지나지 않았지만, 이제야 비로소 오랜 기대가 이루어진다는 생각에 가슴이 고동치고 있었다. 식물학이나 동물학을 느긋하게 공부하는 것도 나쁘지 않았지만, 그날 오후에 공부할 과목이야말로 진짜 내가 배우고 싶은 과목이었다. 나는 가축학의 첫 강의에 출석한 참이었다.

강의는 말에 대한 것이었다. 그랜트 교수는 실물 크기의 말

그림을 벽에 걸어놓고 기갑(두 어깨 사이에 도드라진 부분)과 후슬(뒷무릎 관절), 비절(뒷다리 복사뼈 관절), 머리 등, 콧등부터 꼬리에 이르기까지 말에 관한 용어를 모두 보여주었다. 교수는 꽤 주

도면밀한 분이어서, 강의를 더욱 흥미롭게 하기 위해 "여기에 자주 비절후종이 생긴다"느니 "여기는 구건연종이 자주 생기는 부위"라는 식으로 실용적인 설명을 곁들이는 것도 잊지 않았다. 비절연종, 관골류, 제관염에 대해서도 말해주었는데, 이런 것들은 그 후 4년이 지나도 배우지 않는 것이었지만, 강의는 그 덕분에 아주 재미있었다.

수업을 마치고 비탈길을 천천히 내려가는 동안 교수가 한 말이 머릿속에서 빙글빙글 돌았다. 나는 바로 이런 공부를 하려고 이곳에 입학한 것이다. 마치 비법을 전수받아 그 방면의 전문가 클럽 회원이 된 듯한 기분이었다. 이것으로 말이란 무엇인가를 완전히 알게 되었다. 그때 나는 새로 산 승마용 외투를 입고 있었다. 언덕 모퉁이를 돌아 번화한 뉴턴 가로 들어가자, 외투에 너저분하게 달라붙어 있는 가죽끈이나 죔쇠가 다리에 닿아서 탁탁 소리를 냈다.

말을 발견했을 때는, 이런 행운이 있나 싶었다. 그 말은 과거의 유물처럼 퀸스크로스 아래쪽의 도서관 앞에 서 있었다. 자동차와 버스의 소용돌이 흐름 속에 떠 있는 섬 같은 느낌으로 석탄을 실은 마차가 서 있고, 말은 수레의 끌채 사이에 고개를 축 늘어뜨리고 있었다. 행인들은 말 따위는 아랑곳하지 않은 채 빠른 걸음으로 지나갔다. 하지만 나는 행운이 미소를 짓고 있는 듯한 기분이 들었다.

저곳에 진짜 말이 있다. 그림이 아니라, 현실의 진짜 말이다. 강의에서 들은 말이 띄엄띄엄 머리에 떠올랐다. 발목, 관골, 제관, 구절, 코나 입술에 생기는 하얀 반점, 이마의 하얀 얼룩, 뒷다리 근처의 하얀 반점 등, 나는 인도에 서서 수의사라도 된 것처럼 그 말을 유심히 관찰했다.

이러고 있으면 행인들은 여기에 말 전문가가 있다고, 구경꾼이 아니라 말에 대해 모르는 게 없는 사람이 있다고 생각할 게 분명하다. 내가 겉보기에도 말을 좋아하는 사람으로 보이는 듯한 기분이 들었다.

나는 승마용 외투 주머니에 손을 깊이 찔러 넣고, 어쩌면 말굽을 잘못 박은 게 아닐까, 비절후종이나 포낭에 싸인 비절내종이 있는 건 아닐까 하고 눈을 빛내면서 두세 걸음 오락가락했다. 말을 좀 더 철저히 검사하려고 이번에는 반대쪽으로 돌아가, 질주해오는 자동차들 속에서 위험을 무릅쓰고 검사를 계속했다.

그러는 동안 주위를 힐끔힐끔 돌아보니 사람들은 성급하게 지나가고 있었다. 사람들만이 아니라 말까지도 나한테는 전혀 관심이 없어 보였다. 그 말은 덩치가 커서 키가 적어도 170센티미터는 되었는데, 심심한 듯 뒷다리를 번갈아 움직이면서 나한테는 아무 관심도 보이지 않고 고개를 숙인 채 거리를 내려다보고 있을 뿐이었다. 나는 그 곁을 떠날 마음이 나지 않았지만, 검사가 끝났기 때문에 이제 슬슬 떠나야 할 때였다. 하지만 떠나기 전에 하다못해 무슨 인사라도 해야 할 것 같았다. 내가 너의 온갖 문제를 이해하고 있고, 우리 둘은 형제나 다름없는 관계라는 것을 전할 수 있는 어떤 몸짓을 해야 한다고 생각했다. 나는 기운차게 앞으로 나가서 말의 목덜미를 톡톡 두드렸다.

말은 뱀이 덤벼들 때처럼 재빨리 고개를 숙여 강력한 이빨로 내 어깨를 물었다. 그러고는 귀를 뒤로 눕히고 심술궂게 눈을 뒤룩거리면서 나를 위로 끌어올렸다. 때문에 나는 발이 땅바닥에서 거의 떨어지게 되었다. 나는 꼭두각시 인형처럼 몸이 한쪽으로 기울어진 채 어찌해볼 도리 없이 속수무책으로 매달려 있었다. 몸부림도 쳐보고 헛발질로 걷어차기도 해보았지만 말의 이빨은 외투에 단단히 파고들어가 있었다.

말의 입에 대롱대롱 매달려 있는 남자의 바보 같은 모습을 보고, 이번에는 행인들도 흥미를 느꼈는지 갑자기 멈춰 서기 시작했다. 이윽고 구름처럼 모여든 군중은 서로의 어깨너머로 넘겨다보거나 도대체 무슨 일이 일어나고 있는지 보려고 뒤쪽에서 서로 밀치닥거리고 있었다.

어떤 할머니는 겁을 먹고 "아이고, 불쌍해라! 누가 저 젊은 이를 좀 도와줘요!" 하고 외치고 있었다. 용감한 사내들이 나를 잡아당겨 보았지만, 말은 심술궂게 큰 소리로 울면서 나를 더 힘껏 끌어올릴 뿐이었다. 사방팔방에서 온갖 목소리가 날아왔지만, 모두 저마다 다른 의견밖에 말하지 않았다. 맨 앞줄에 있는 예쁜 처녀 둘은 내 꼴이 너무 우스워서, 체면이고 뭐고 아랑곳하지 않고 계속 킥킥거리고 있었다. 나는 정말로 부끄러웠다.

너무 우스꽝스러운 처지에 놓인 데 놀라서 나는 격렬하게 몸부림치기 시작했다. 셔츠 옷깃이 목을 졸랐다. 외투 가슴팍에 말의 침이 뚝뚝 떨어졌다. 숨쉬기가 괴로워졌다. 말한테서 벗어나는 것을 체념하려 할 때 한 남자가 사람들을 헤치고 앞으로 나왔다.

몸집이 아주 작은 남자였다. 얼굴은 석탄 먼지로 까맸고, 눈은 분노한 나머지 이상하게 번뜩였다. 한쪽 팔에는 빈 자루를 두 개 걸치고 있었다.

"이게 도대체 무슨 일이야?" 그는 큰소리로 호통을 쳤다.

그러자 십여 명의 구경꾼이 저마다 뭐라고 말하기 시작했다.

"당신 뭔데 이 말한테 장난친 거야." 그는 나에게 맞대놓고 소리를 질렀다.

그러나 나는 목이 졸려 있어서 눈알이 금방이라도 튀어나올 것 같은 상태였고, 도저히 말을 할 마음도 나지 않았기 때문에 아무 대답도 하지 않았다.

석탄 장수가 이번에는 말을 향해 호통을 쳤다.

"그 사람을 내려놔. 덩치만 커가지고 정말! 자, 어서 놔. 내려놓으라니까!"

반응이 없었기 때문에 그는 엄지손가락으로 말의 옆구리를 호되게 찔렀다. 말은 당장 그 뜻을 이해하고, 마치 온순한 개가 물고 있던 뼈다귀를 떨어뜨리듯 나를 놓았다. 나는 말의 입에서 떨어져 땅바닥에 무릎을 꿇고, 호흡이 편해질 때까지 도랑 속에 멍하니 앉아 있었다. 작달막한 남자가 나한테 소리를 지르고 있었지만, 그 소리가 아주 멀리서 들리는 듯한 느낌이었다.

얼마 후 나는 일어섰다. 석탄 장수는 아직도 소리를 지르고 있었고, 구경꾼들은 과연 그렇구나 하는 얼굴로 귀를 기울이고 있었다.

"도대체 왜 내 말을 놀리고 괴롭히는 거야? 내 말에 손대지 마. 경찰을 부를 테니까."

나는 새로 산 외투를 내려다보았다. 말이 물고 있던 어깨 언저리가 질퍽하고 침에 젖어서 부풀어 올라 있었다. 나는 어서 자리를 피해야 할 것 같아서, 재빨리 구경꾼들을 헤치고 빠져나가려 했다. 몇 사람은 걱정스러운 표정을 짓고 있었지만, 대부분은 히죽히죽 웃고 있었다. 군중 틈에서 겨우 빠져나오자 나는 부리나케 걷기 시작했다. 길모퉁이를 돌 때 석탄 장수의 외침 소리가 희미하게 들려왔다.

"알지도 못하는 일에 괜히 나서지 마!"

3

트리키의 초대장

나는 그날 아침에 배달된 우편물의 겉봉을 멍하니 훑어보고 있었다. 늘 그렇듯이, 우편물은 산더미처럼 쌓인 청구서, 회람장, 눈이 번쩍 뜨이는 색채로 인쇄된 신약 광고 등이다. 몇 달만 지나면 새로움은 사라져버리고, 일부러 읽을 마음도 나지 않는다. 우편물을 다 훑어보았을 무렵, 여느 때와 다른 우편물이 눈에 띄었다. 가장자리가 깔쭉깔쭉한, 값비싸 보이는 봉함편지한 통. 게다가 내 앞으로 온 편지였다. 봉을 뜯자 금테를 두른카드가 나왔기 때문에 대충 훑어보았다. 그리고 안주머니에 그카드를 살짝 넣으면서 나는 얼굴이 붉어지는 것을 느꼈다.

그때, 시그프리드 원장이 왕진 메모를 다 확인하고 고개를 들었다.

"제임스, 왜 그렇게 겸연쩍은 표정을 짓고 있나? 과거의 나쁜 추억인가? 어쨌든 뭐야? 어머니가 몹시 노하셔서 편지라도 보내셨나?"

"자, 읽어보세요." 나는 카드를 꺼내 원장에게 건네주면서 머뭇머뭇 말했다. "그리고 실컷 웃어주세요. 어쨌든 읽어보시면 압니다."

시그프리드는 무표정하게 카드를 소리 내어 읽어 내려갔다.

"헤리엇 아저씨께 알려드립니다. 오는 2월 5일 금요일에 댄스파티가 열립니다. 다과도 준비할 테니까 꼭 왕림해주시기 바랍니다. 트리키."

시그프리드는 얼굴을 들고 진지한 얼굴로 말했다.

"이거 정말 멋지군. 트리키는 영국에서도 제일 선심을 잘 쓰는 개야. 훈제연어나 토마토나 바구니를 보낸 것만으로는 성이 안 차서 파티까지 열어주는 거니까."

나는 카드를 얼른 집어서 주머니에 넣었다.

"네네, 알고 있어요. 그럼 어떻게 할까요?"

"어떻게 하냐고? 그거야 뻔하지. 당장 책상 앞에 앉아서 '초대해줘서 고맙다, 꼭 참석하겠다'는 답장을 써서 보내게. 펌프리 부인댁에서 열리는 파티는 유명하니까. 산해진미와 샴페인이 듬뿍 나오지. 만사 제쳐놓고 참석해야 돼."

"사람이 많이 옵니까?" 나는 바닥 위에서 발을 질질 끌면서 물었다.

시그프리드는 이마를 손바닥으로 찰싹 때렸다.

"그야 물론 많이 오지. 무슨 생각을 하고 있는 거야? 자네와 트리키만 참석하는 파티인 줄 알았나? 함께 맥주나 좀 마시고, 강아지와 함께 비틀거리며 폭스트로트라도 출 거라고 생각했나? 이 지방의 상류층 사람들이 한껏 멋을 부리고 모이는 파티야. 물론 헤리엇 아저씨만큼 명예로운 귀빈은 없겠지만…… 왜냐고? 다른 사람들은 펌프리 부인이 초대했지만, 자네는 트리키가 초대했으니까."

"알았습니다. 알았어요." 나는 신음하는 듯한 소리로 말했다. "나는 평복 차림으로 가겠습니다. 정식 야회복이 없으니까요. 나는 야회복을 좋아하지 않아요."

원장은 일어나서 내 어깨에 손을 올려놓았다.

"이보게, 투덜거리는 건 그만둬. 앉아서 답장을 쓰게. 그리고 브로턴에 가서 야회복을 빌려. 긴 시간 동안 평복 차림으로 있을 수는 없잖아? 사교계에 갓 데뷔한 아가씨들이 앞다투어 자네와 춤을 추고 싶어 할 테니까."

시그프리드는 마지막으로 한 번 더 내 어깨를 탁 때린 뒤 문쪽으로 걸어갔다. 나가기 전에 뒤를 돌아보았는데, 그 얼굴에는 몹시 걱정스러운 표정이 떠올라 있었다.

"그리고 절대로 잊으면 안 돼. 답장은 펌프리 부인 앞으로 쓰지 말고 트리키한테 보내야 돼. 안 그러면 끝장이야."

*

2월 5일 밤 펌프리 부인댁에 갔을 때 내 가슴에는 온갖 복잡한 생각이 소용돌이치고 있었다. 하녀가 나를 파티가 열리는 홀로 안내해주었다. 펌프리 부인이 무도회장 입구에서 손님을 맞이하고 있는 것이 보였다. 그 너머에는 고상한 사람들이 음료를 손에 들고 여기저기 모여 있었다. 그 떠들썩한 목소리는 부유하고 지체 높은 사람들을 연상시켰다. 유복한 분위기가 구석구석까지 감돌고 있었다. 나는 빌린 야회복을 입고 있었지만, 넥타이를 다시 반듯하게 매만지고는 심호흡을 하고 차례를 기다렸다.

펌프리 부인은 상냥하게 미소를 지으며 내 앞에 있던 부부와 악수를 하고 있었지만, 내 모습을 보고는 얼굴이 환해졌다.

"어머나, 헤리엇 선생님, 잘 오셨어요. 선생님의 편지를 받고 트리키도 무척 기뻐했답니다. 어서 트리키를 만나주세요."

그녀는 홀을 가로질러 트리키에게 나를 안내했다.

"트리키는 거실에 있어요." 그녀는 나에게 속삭였다. "여기서만 하는 이야기지만, 트리키는 이런 파티에는 진절머리가 나 있답니다. 하지만 역시 선생님을 잠깐이라도 만나지 않으면 트리키는 기분이 몹시 나빠질 거예요."

트리키는 활활 타오르는 난롯불 옆의 안락의자 위에서 몸을 동그랗게 말고 있었다. 그는 나를 보자마자 의자 등받이 위로 뛰어올라, 얼굴이 둘로 갈라질 만큼 입을 크게 벌리고 기쁜 듯이 짖어댔다. 내 얼굴을 핥으려는 트리키를 피하는 몸짓을 하고 있는데, 카펫 위에 커다란 개 밥그릇 두 개가 놓여 있는 것이 눈에 띄었다. 하나에는 500그램쯤 되는 닭고기 토막이 들어 있고, 또 하나에는 조각난 케이크가 수북이 들어 있었다.

"펌프리 부인!" 나는 개 밥그릇을 가리키며 큰소리로 외쳤다.

딱하게도 그녀는 손으로 입을 틀어막고 뒷걸음쳤다.

"아아, 제발 좀 봐주세요." 그녀는 멋쩍은 표정을 지으며 거의 울듯이 말했다. "오늘 밤에는 트리키가 외롭게 혼자 있어야 하잖아요. 그래서 특별 요리를 주었을 뿐이에요. 게다가 날씨도 너무 춥고."

그녀는 손을 꽉 맞잡고 비참한 표정으로 나를 바라보았다.

"이 닭고기 절반과 케이크를 전부 다 치우면 봐드리죠." 나는 엄격한 목소리로 말했다.

그녀는 장난을 치다가 꾸지람을 들은 소녀처럼 달달 떨면서 내가 말한 대로 했다.

나는 아쉬운 마음으로 작은 강아지와 헤어졌다. 바쁜 하루였고 살을 에는 듯한 추위 속에 몇 시간이나 있었기 때문에, 이제 자고 싶었다. 이 방에는 난롯불이 있고 부드러운 조명도 무도회장의 찬란한 불빛보다 훨씬 편안했기 때문에, 한두 시간이라도 좋으니까 트리키를 무릎 위에 앉히고 여기 웅크리고 앉아 있는 편이 춤을 추는 것보다 훨씬 좋을 것 같았다.

펌프리 부인은 다시 활기찬 태도로 돌아왔다.

"헤리엇 선생님, 이젠 내 친구들을 만나주세요."

우리는 세 개의 컷글라스 샹들리에가 휘황찬란하게 빛나고 담황색이나 황금색 벽거울이 샹들리에에 불빛을 눈부시게 반사하고 있는 무도회장으로 들어갔다. 펌프리 부인의 소개로 손님들을 만나면서 한 그룹에서 다음 그룹으로 옮겨갔지만, 나를 "트리키가 사랑하는 친절한 아저씨"라고 소개하는 데에는 너무 민망해서 두 손 다 들어버렸다. 하지만 그들은 모두 대단한 자제심을 갖고 있는지, 아니면 여주인의 맹점을 잘 알고 있는지, 내가 그렇게 소개되어도 진지하게 고개만 끄덕일 뿐이었다.

한쪽 벽 앞에서는 다섯 종류의 악기로 이루어진 오케스트라가 음악을 연주하기 시작했다. 하얀 재킷을 입은 웨이터들이 음식과 음료를 담은 쟁반을 들고 손님들 사이를 바쁘게 돌아다니고 있었다. 펌프리 부인은 웨이터 한 사람을 불러 세웠다.

"프랑수아, 이 분께 샴페인을 드려요."

"알겠습니다, 부인." 웨이터는 들고 있던 쟁반을 내밀었다.

"아니, 그게 아니라 큰 잔에 든 걸로."

프랑수아는 급히 물러갔다가 다리가 달린 수프용 사발 같은 것을 가지고 돌아왔다. 거기에는 샴페인이 가득 담겨 있었다.

"프랑수아."

"네, 부인."

"이 분은 헤리엇 선생님이야. 얼굴을 잘 기억해둬요."

웨이터는 스패니얼 개 같은 슬픈 눈으로 나를 바라보며 내 얼굴을 기억하려 했다.

"이 분의 시중을 들어드려. 술잔이 비지 않도록 하고, 요리도 충분히 드시도록 신경을 써줘요."

"알겠습니다, 부인."

내가 고개를 숙이고 얼음처럼 차가운 샴페인을 천천히 음미한 뒤 고개를 들자, 프랑수아가 훈제연어 샌드위치가 담긴 접시를 내밀었다.

그날 밤은 줄곧 그런 식이었다. 프랑수아는 언제나 내 옆에 대기하고 있다가 큰 잔에 술을 따라주거나 산해진미를 권해주었다. 나로서도 기쁘지 않을 리가 없었다. 짠 음식을 먹어서 목이 마르면 샴페인을 한 모금 들이켜서 갈증을 달랬다. 다시 요리를 조금 집어먹고, 또 목이 마르면 프랑수아는 즉각 커다란 샴페인 병의 마개를 따주었다.

나는 1파인트(0.57리터)짜리 술잔으로 샴페인을 마신 게 처음이었기 때문에 여러 가지로 얻은 게 많았다. 상쾌할 만큼 몸이 가벼워지고 지력이 높아졌다. 처음 참석한 상류사회 파티에 느끼고 있던 위압감이 사라지고 즐거워졌다. 나는 닥치는 대로 아무하고나 춤을 추었다. 깔끔하게 차려입은 젊은 미녀들이나 나이 든 미망인들과 춤을 추었고, 펌프리 부인과는 두 번 춤을 추었다. 춤을 추는 동안 그녀는 계속 키득키득 웃고 있었다.

여러 사람과 잡담도 나누었다. 꽤 재치 있는 말이 술술 나왔
다. 내 말솜씨가 너무 좋아서 나 스스로도 몇 번이나 깜짝 놀
랐다. 한번은 거울에 비친 내 모습을 보았는데, 한 손에 술잔
을 들고 빌린 야회복을 차려입은 내 모습이 부드러운 우아함
을 풍기고 있는 명사 같았다. 나는 마른 침을 삼켰다.

먹고 마시고 이야기하고 춤을 추는 동안, 파티의 밤은 순식
간에 깊어갔다. 돌아갈 시간이 되었기 때문에 코트를 입고 홀
에서 펌프리 부인과 악수를 나누고 있을 때, 프랑수아가 또 따
끈한 수프가 든 사발을 들고 나타났다. 내가 돌아가는 길에 속
이 거북해지지나 않을까 걱정이 된 모양이었다.

내가 수프를 다 마시자 펌프리 부인이 말했다.

"자, 이젠 트리키한테 가서 작별인사를 해주세요. 말없이
돌아가면 그 아이는 절대로 용서하지 않을 거예요."

우리가 방에 들어가자 작은 강아지는 의자에 깊이 몸을 묻
은 채 하품을 하며 꼬리를 흔들었다. 펌프리 부인이 내 소매를
잡았다.

"미안하지만 오신 김에 저 아이 발톱을 봐주시겠어요? 너무
자란 게 아닌지 걱정이 돼서요."

나는 녀석의 다리를 하나씩 들어 올려 발톱을 자세히 검사했다. 그러는 동안 트리키는 심심한 듯 내 손을 핥고 있었다.

"걱정하실 필요 없습니다. 발톱은 다 괜찮습니다."

"정말 고마워요. 자, 손을 씻으세요."

청록색 대야와 벽에 에나멜로 그려진 물고기 그림, 화장대와 유리 선반 위의 유리병 따위가 눈에 띄는 익숙한 욕실에서 나는 수도꼭지를 틀고 따뜻한 물에서 피어오르는 수증기 사이로 주위를 둘러보았다. 대야 옆에는 내 전용 수건과 여느 때처럼 납작한 새 비누가 놓여 있었다. 금세 거품이 나는 값비싸고 향기 좋은 비누였다. 우아한 밤의 마무리였다. 고작 몇 시간의 호사스럽고 눈부시게 빛나는 경험이었지만, 나는 그 여운을 병원까지 가지고 돌아갔다.

*

나는 침대에 들어가 불을 끄고 반듯이 누워서 어둠을 가만히 들여다보고 있었다. 음악의 멜로디가 아직도 머릿속에서 울려 퍼지고 마음속에서는 몸도 가볍게 무도회장으로 돌아가려 할 때, 갑자기 전화벨이 울렸다.

"베크 코티지의 앳킨슨이오만……" 목소리가 희미하게 들려왔다. "우리 돼지가 난산이오. 밤새도록 끙끙 앓고 있는데, 와줄 수 있겠소?"

나는 수화기를 놓으면서 시계를 보았다. 오전 2시였다. 어이가 없었다. 샴페인과 훈제연어, 검은 캐비아를 듬뿍 바른 비스킷까지 먹은 뒤에 돼지 출산이라니. 게다가 베크 코티지는 이 지방에서 가장 가난한 마을에 있었다. 정말 재수가 없군.

졸린 눈으로 잠옷을 벗고 셔츠를 입었다. 일할 때 입는 낡고 뻣뻣한 코르덴 옷으로 손을 뻗을 때, 양복장 구석에 걸려 있는 그 빌린 야회복을 보지 않으려고 애썼다.

길쭉한 정원으로 나오자, 손으로 더듬으며 그곳을 빠져나와 차고로 갔다. 안마당의 어둠 속에서 눈을 감자, 눈꺼풀 뒤에서 커다란 샹들리에가 다시 휘황하게 빛나고 그 불빛이 거울에 반사하여 반짝반짝 빛났다. 음악 소리도 들려왔다.

베크 코티지까지는 3킬로미터밖에 안 된다. 그곳은 우묵한 분지 지형이어서 겨울에는 온통 진창으로 변해버린다. 도중에 차에서 내려 캄캄한 진창 속을 철벅철벅 걸어 집 앞까지 왔다. 문을 두드렸지만 응답이 없었다. 그래서 안채 반대쪽에 늘어서 있는 오두막 쪽으로 가서 위아래 두 칸으로 나뉘어 있는 문의 윗부분을 열고 안을 들여다보았다. 뜨뜻미지근한 소 냄새가 감돌고 있었다. 저쪽에 희미한 불빛이 보이고 사람 하나가 서 있었다.

안으로 들어가자, 부서진 나무 칸막이 안에 늘어서 있는 소들의 모습이 어렴풋이 보였다. 그 앞을 지나가자 소들의 배후에 쇠똥이 산더미처럼 쌓여 있었다. 그곳도 지나갔다. 앳킨슨 씨는 쇠똥을 자주 치우지 않아도 된다고 생각한다.

부서진 바닥에 발이 걸려 넘어질 듯 비틀거리거나 바닥에 고여 있는 오줌을 튀기면서 걸어가자, 한쪽 구석을 문짝으로 막아 만든 돼지우리 끝에 다다랐다. 옆구리를 바닥에 대고 모로 누워 있는 암퇘지의 모습이 어둠 속에 희뿌옇게 떠올라 있었다. 암퇘지 밑에는 짚이 조금 깔려 있고, 돼지는 옆구리를 떠는 것 말고는 꼼짝도 않고 누워 있었다. 유심히 지켜보니 돼지는 숨을 멈추고 몇 초 동안 몸을 움츠리는 동작을 되풀이했다.

앳킨슨 씨는 나에게 인사도 하지 않고, 아무런 열의도 보이지 않았다. 이 중년 남자는 일주일 동안 수염을 깎지 않고 제멋대로 자라게 내버려 두었고, 머리에는 낡아빠진 모자를 썼는데 모자챙이 귀 언저리에서 팔랑거리고 있었다. 그는 한 손을 찢어진 주머니에 깊숙이 찔러 넣고, 또 다른 손에는 금방이라도 전지가 닳아버릴 듯한 자전거용 램프를 들고 등을 둥글게 구부린 채 벽에 기대어 서 있었다.

"조명은 그것뿐입니까?" 내가 물었다.

"그렇소." 앳킨슨 씨는 분명히 놀란 얼굴로 대답했다. 그는 램프에서 눈을 돌리고 '더 이상 뭐가 필요하냐?'는 표정으로 나를 바라보았다.

"그럼 그걸 쓰겠습니다." 나는 암퇘지에게 희미한 조명을 비추었다. "아직 어린 돼지군요."

"그렇소. 아직 어린 암퇘지요. 이번이 초산이지."

또 진통이 오자 돼지는 몸을 떨면서 가만히 누워 있었다.

"안에서 무언가가 막혀 있는 것 같은데요." 나는 말했다. "양동이에 뜨거운 물을 가득 담아서 비누랑 수건과 함께 가져오세요."

"뜨거운 물이 없는데. 불이 꺼져버려서."

"그럼 뭐든지 좋으니까, 있는 걸 가져오세요."

농부는 램프를 손에 들고 커다란 발소리를 내면서 외양간 쪽으로 가버렸다. 나는 어둠 속에 남겨졌지만, 그때 또 그 음악 소리가 뇌리에 되살아났다. 슈트라우스의 왈츠였다. 나는 프렌즈윅 부인과 함께 왈츠를 추고 있었다. 그 젊고 아름다운 부인은 내가 자기를 안고 턴을 하자 소리를 내어 웃었다. 그녀의 하얀 어깨, 다이아몬드가 반짝이던 목덜미, 벽거울이 빙글빙글 돌고 있다.

앳킨슨 씨가 발을 질질 끌면서 돌아와 물이 담긴 양동이를 바닥에 쿵 하고 내려놓았다. 나는 손가락을 담가보았다. 얼음처럼 차가웠다. 양동이는 몇 년이나 사용한 고물이었다. 물에 팔을 담글 때는 깔쭉깔쭉한 가장자리를 조심하지 않으면 안 되었다.

재빨리 겉옷과 셔츠를 벗자, 오두막 틈새로 들어온 지독한 외풍이 벌거벗은 등에 세차게 불어왔기 때문에 나도 모르게 숨을 깊이 들이마셨다.

"비누를 주세요." 나는 이를 악물고 말했다.

"양동이 안에 있소."

팔을 물속에 집어넣고 덜덜 떨면서 바닥을 더듬자, 골프공만 한 크기의 둥근 물체에 손이 닿았다. 나는 그것을 꺼내 살펴보았다. 딱딱하고 매끈매끈하고 해변에서 주운 자갈처럼 반점이 박혀 있었기 때문에, 가벼운 마음으로 두 손바닥 사이에 넣고 문지르면서 거품이 나기를 기다렸다. 그런데 비누는 물을 전혀 받아들이지 않았다. 아무리 문질러도 거품이 나지 않는 것이다.

또 투덜거린다고 생각하면 안 되기 때문에, 다른 비누를 달라고 부탁하는 것은 그만두었다. 대신 램프를 빌려 외양간에서 안마당으로 나가, 장화 신은 발로 진창 속을 철벅철벅 걸어갔다. 가슴께에 소름이 돋고 이가 딱딱 마주치는 소리가 내 귀에까지 들려왔다. 그런 상태로 차의 트렁크를 뒤져서 방부성 윤활제가 들어 있는 병을 간신히 찾아냈다.

돼지우리로 돌아와 팔에 윤활제를 바른 다음, 돼지 뒤에 무릎을 꿇고 돼지의 질 속으로 살며시 손을 밀어 넣었다. 손을 자궁 쪽으로 뻗으면 팔꿈치까지 돼지의 질 속에 들어가버리기 때문에 옆으로 벌렁 누울 수밖에 없었다. 돌바닥은 축축하고 차가웠지만, 손가락이 무언가에 닿았을 때는 불쾌감도 잊었다. 손에 닿은 것은 작은 꼬리였다. 옆으로 누운 태위로 꽤 큰 새끼 돼지가 코르크 병마개처럼 자궁 입구를 막고 있었다.

손가락 끝으로 뒷다리를 원래 자리로 돌려놓자 겨우 뒷다리를 잡을 수 있었기 때문에, 그것을 잡고 새끼 돼지를 힘껏 끌어냈다.

"이게 화근이었어요. 죽지 않았는지 모르겠네요. 너무 오랫동안 끼어 있었으니까요. 하지만 자궁 속에는 아직 살아 있는 녀석이 몇 마리 있을지도 모르니까, 다시 한 번 찾아보겠습니다."

나는 팔에 윤활제를 바르고 다시 손을 밀어 넣었다. 팔이 거의 다 들어갔을 때 자궁 입구가 손에 닿았다. 그 바로 안쪽에서 새끼 돼지를 또 한 마리 찾아냈다. 내가 새끼 돼지의 얼굴을 만지자 녀석은 작지만 날카로운 이빨로 내 손가락을 깨물었다.

나는 비명을 지르며 돌바닥에 누운 채 농부를 쳐다보았다.

"어쨌든 이번 녀석은 살아 있군요. 바로 꺼내겠습니다."

그런데 녀석은 나하고는 생각이 다른지, 그 따뜻한 안식처에서 나오고 싶어 하지 않았다. 내가 녀석의 미끈미끈하고 작은 다리를 손가락으로 움켜잡을 때마다 그 다리를 휙 오므려버렸다. 이런 실랑이를 1, 2분쯤 계속하다 보니 팔에 쥐가 날 것 같았다. 나는 돌바닥 위에 머리를 내려놓고 팔을 돼지 뱃속에 넣은 채 벌렁 드러누워 휴식을 취했다. 눈을 감자 당장 따뜻하고 휘황찬란한 조명을 받은 무도회장이 눈앞에 떠올랐다. 프랑수아가 술을 따라주는 동안 나는 커다란 술잔을 내밀고 있었다. 그러다가 오케스트라 바로 옆에서 춤을 추고 있으면 지휘자가 한 손으로 박자를 맞추면서 고개를 돌려 내 얼굴을 보고 미소를 지었다. 그는 마치 평생 동안 줄곧 나라는 인간을 찾고 있었던 것처럼 싱긋 웃으며 고개를 숙였다.

나도 미소로 답례했지만, 지휘자의 얼굴은 사라지고 앳킨슨 씨가 무표정한 얼굴로 나를 내려다보고 있을 뿐이었다. 자전거 램프에서 나오는 불빛을 받은 그의 얼굴은 수염을 깎지 않은 턱과 더부룩한 눈썹 때문에 인상이 더욱 험상궂어 보였다.

나는 기운을 내어 돌바닥에서 뺨을 들어 올렸다. 이래서는 안 된다고 생각했다. 일하다 말고 잠이 들다니. 몹시 피곤했거나 아니면 몸속에 아직 샴페인이 남아 있나? 나는 손을 뻗어 새끼 돼지의 다리를 두 손가락으로 꽉 움켜잡았다. 이번에도 녀석은 난폭하게 굴었지만, 어쨌든 이 세상으로 끌려 나왔다. 일단 세상 밖으로 나오자 녀석은 순순히 제 처지를 받아들인 듯, 체념한 것처럼 어미의 젖 쪽으로 비틀비틀 걸어갔다.

"어미는 새끼를 낳을 기운이 전혀 없어요." 나는 말했다. "너무 오랫동안 진통으로 고생했기 때문에 기진맥진해 있습니다. 주사를 놓을게요."

다시 한 번 얼어붙을 듯한 추위 속에서 진창을 지나 자동차로 돌아가, 피튜이트린(뇌하수체 후엽 호르몬제)을 가져와서 암퇘지의 넓적다리에 한 대 놓아주었다. 몇 분도 지나기 전에 자궁이 힘차게 수축하면서 진통이 시작되었다. 장애물이 없어지자, 곧 핑크빛 새끼 돼지가 몸부림치면서 짚 위로 떨어졌다. 그 후로는 순식간에 새끼들이 차례로 줄줄이 태어났다.

"다음은 컨베이어 시스템 같은 거예요." 내가 말하자 앳킨슨 씨는 뭐라고 중얼거렸다.

새끼 돼지 여덟 마리가 태어나고 램프 불빛이 꺼져가고 있을 때, 시커먼 태반 덩어리가 젊은 암퇘지의 음문에서 털썩 밀려 나왔다.

나는 차가워진 팔을 문질렀다.

"이제 끝난 것 같군요." 그렇게 말했을 때 나는 갑자기 한기를 느꼈다.

몇 번을 보아도 결코 질리지 않는 경이로운 광경을 황홀하게 바라보면서, 얼마나 오래 거기 서 있었을까. 새끼들은 열심히 바둥거려서 겨우 일어서자, 누가 인도해주는 것도 아닌데 두 줄로 늘어선 젖꼭지 쪽으로 다가간다.

처음으로 새끼를 낳은 암퇘지는 옆으로 편안히 누워서, 배고픈 새끼들이 젖꼭지를 쉽게 물 수 있도록 젖을 최대한 드러내주고 있었다.

빨리 옷을 입는 게 좋을 것 같아서 나는 대리석 같은 비누와 다시 한 번 격투를 벌였지만, 아까와 마찬가지로 전혀 거품이 나지 않았다. 얼마나 오랫동안 있었을까? 팔에서 옆구리까지 오물이나 점액이 잔뜩 달라붙어 있었다. 최대한 손톱으로 긁

어낸 뒤 차가운 양동이 물을 뒤집어썼다.

"수건은요?" 나는 헐떡거리면서 물었다.

앳킨슨 씨는 아무 말도 하지 않고 마대 자루를 내밀었다. 마대 가장자리에는 달라붙은 거름이 바싹 말라서 딱딱하게 굳어 있었고, 오래전에 그 자루 속에 들어 있던 사료 냄새가 났

다. 나는 그것을 받아들고 가슴을 문질렀지만, 거친 사료 알갱이가 피부에 달라붙어 기분이 안 좋았다. 이번에는 샴페인의 술기운도 물과 함께 씻겨나가 타일 틈새를 흘러 어딘지도 모르는 어둠 속으로 사라져갔다.

까슬까슬한 등에 셔츠를 걸치자 겨우 나 자신의 세계로 돌아온 듯한 기분이 들었다. 나는 코트 단추를 채우고 주사기와 피튜이트린 병을 집어 들고는 우리 밖으로 나왔다. 오두막을 나가기 전에 다시 한 번 안을 들여다보았다. 자전거 램프가 꺼져가고 있어서, 새끼들이 어미 젖꼭지에 달라붙어 젖을 빠느라 여념이 없는 광경을 보려면 울타리 너머로 몸을 쑥 내밀어야 했다. 젊은 암퇘지는 주의 깊게 위치를 바꾸고 툴툴 소리를 냈다. 완전히 만족한 모습이었다.

나는 드디어 귀로에 올랐다. 차를 몰고 진창길을 지나 언덕을 다 올라가면 차에서 내려 울타리 출입문을 열어야 했다. 바람이 서리 내린 풀밭의 차갑고 상쾌한 냄새를 실어와 얼굴을 스치고 지나갔다. 나는 어두운 들판을 바라보고 벌써 동이 트는구나 생각하면서 잠시 그 자리에 서 있었다. 학창시절의 추억이 되살아나고, 어느 나이 든 교수가 수의사라는 직업에 대해 우리 학생들에게 해준 말이 생각났다. 그 교수는 이렇게 말했다.

"수의사가 될 각오라면 말해두겠는데, 절대로 부자는 될 수 없다. 하지만 무한히 흥미롭고 변화가 풍부한 생활이 너희를 기다리고 있지."

나는 어둠 속에서 소리 내어 웃었고, 차에 다시 올라탄 뒤에도 여전히 킥킥 웃었다. 그 교수는 결코 농담을 한 게 아니었다. 변화가 풍부한 생활―그것이야말로 나의 생활이었다.

4

사랑의 메신저, 수지

스켈데일 하우스의 큰 방은 가득 차 있었다. 나에게는 우아한 반침과 조각이 새겨진 높은 천장과 프랑스식 창문이 있는 이 방이 대러비에서 우리가 영위하는 삶의 중심에 놓여 있는 것처럼 여겨졌다. 하루 일이 끝나면 시그프리드와 트리스탄과 내가 모이는 곳은 이 방이었다. 여기서 우리는 찬장이 위에 놓여 있는 목제 벽난로 앞에 앉아 난롯불에 발을 녹이면서 그날 있었던 사건들에 대해 이야기를 나누었다. 행복한 기분으로 멍하니 앉아서 책을 읽거나 라디오를 듣는 것이 우리 총각 생활의 핵심이었다. 그럴 때면 트리스탄은 대개 《데일리 텔레그래프》지에 실린 낱말풀이를 별로 힘들지 않고 술술 풀어나갔다.

시그프리드가 친구들을 대접하는 곳도 이 방이었는데, 남녀노소를 불문하고 그의 친구들이 끊임없이 이 방을 들락거렸다. 하지만 오늘 밤은 트리스탄 차례였다. 트리스탄의 초대를 받은 한 무리의 젊은이들이 손에 술잔을 들고 이 방에 모였다. 그들을 열심히 설득할 필요도 없었다. 트리스탄은 많은 점에서 그의 형(시그프리드)과는 정반대였지만, 손가락 하나만 까딱해도 친구들이 달려오게 하는 매력을 갖고 있는 것은 형과 마찬가지였다.

*

술집 '드로버스 암스'에서 무도회가 열린 밤이었다. 우리는 제일 좋은 나들이옷을 차려입었다. 커다란 장화를 신은 농부들이 마을회관에 모여 삑삑대는 바이올린과 피아노 소리에 맞추어 춤을 추는 여느 무도회와는 달랐기 때문이다. 인기 있는 악단인 '레니 버터필드와 소방수들'을 초빙한 정식 무도회였고, 해마다 봄이 온 것을 알리는 봄맞이 행사였다.

우리가 드로버스 암스에 도착했을 때 술청은 혼잡했지만, 플로어에서 춤을 추고 있는 사람은 열정적으로 춤을 좋아하는 몇 명뿐이었다. 하지만 시간이 갈수록 과감하게 플로어로 나가는 쌍이 늘어나, 10시쯤에는 플로어가 **빽빽**해졌다.

나는 곧 무도회를 즐기기 시작했다. 트리스탄의 친구들은 모두 활기에 넘쳤다. 남자들은 호감이 가는 젊은이들이었고 여자들은 매력적이었다. 즐겁지 않을 수가 없었다.

빨간색 재킷 차림의 유명한 레니 버터필드 악단 덕분에 무도회의 분위기가 더욱 들뜨고 유쾌해졌다. 레니는 쉰다섯 살쯤 되어 보였고 '소방수' 넷은 머리가 허옇게 센 노인들이었지만, 넘치는 활력은 백발을 무색하게 했다. 레니의 머리가 백발이었다는 뜻은 아니다. 그는 머리를 까맣게 염색하고 열정적으로 피아노를 두드리면서 뿔테 안경 너머로 춤추는 사람들에게 미소를 던졌다. 때로는 옆에 있는 마이크에 대고 큰 소리로 코러스를 넣거나 곡명을 발표하거나 허스키한 목소리로 재치 있는 농담을 던지기도 했다. 그는 돈을 들여 초빙할 가치가 있었다.

우리 일행은 두 명씩 짝을 지어 온 게 아니기 때문에 나는 모든 여자와 번갈아 춤을 추었다. 분위기가 한창 무르익었을 무렵 나는 대프니와 짝을 지어 플로어를 돌고 있었다. 대프니 같은 몸집을 가진 여자와 춤을 추는 것은 색다르고 유익한 경험이었다. 나는 말라깽이 여자를 좋아하지 않았지만, 대프니는 반대 방향으로 좀 지나치게 발달했다고 말할 수 있을 것이다. 그렇다고 뚱보는 아니었다. 그저 살이 좀 푸짐했을 뿐이다.

나는 혼잡을 뚫고 나아가거나 옆 사람과 충돌하거나 대프니의 몸에 부딪혀 되튀는 유쾌한 감각을 즐겼다. 모두 춤을 추면서 노래를 불렀고, '소방수'들은 강렬한 리듬을 쏟아냈다. 세상에 걱정거리라고는 하나도 없는 듯한 기분이 들었다. 헬렌을 본 것은 바로 그때였다.

음악이 끝나자 나는 대프니를 그녀의 친구들한테 데려다주고 트리스탄을 찾으러 갔다. 드로버스 암스의 쾌적한 술청은 사람들로 넘쳐흐르고 오븐 속처럼 후끈거렸다. 담배 연기가 짙은 안개처럼 자욱했다. 나는 그 짙은 안개를 뚫고 등받이 없는 높은 의자에 앉아 있는 트리스탄을 찾아냈다. 그는 술꾼들과 어울려 신나게 떠들어대고 있었다. 다른 술꾼들은 모두 더워서 땀을 뻘뻘 흘리고 있었지만 트리스탄은 시원해 보였고 여느 때처럼 무척 기분이 좋아 보였다. 술잔을 단숨에 비우고는, 지금까지 그렇게 맛있는 맥주는 마셔본 적이 없는 것처럼 쩍 소리를 내며 입맛을 다신 다음, 카운터 너머로 손을 뻗어 술잔을 다시 채워달라고 정중하게 요구하다가 사람들을 헤치며 힘들게 다가가는 나를 발견했다.

내가 겨우 목적지에 도착하자 트리스탄은 내 어깨에 다정하게 손을 올려놓았다.

"야아, 짐, 멋진 무도회라고 생각하지 않아?"

나는 아직 트리스탄이 플로어에서 춤추는 것을 보지 못했지만, 그 사실은 덮어두고 애써 태연한 목소리로 헬렌이 와 있다고 말했다.

트리스탄은 다정하게 고개를 끄덕였다.

"나도 아까 들어오는 걸 봤어. 가서 헬렌과 춤을 추지 그래?"

"그럴 수가 없어. 파트너와 함께 왔으니까. 에드먼드라는 작자 말이야."

"그렇지 않아." 트리스탄은 새로 따른 맥주를 비판적인 눈으로 조사하고는 시험 삼아 한 모금 마셔보았다. "헬렌도 우리처럼 여러 사람과 함께 왔어. 파트너가 아니라고."

"그걸 어떻게 알아?"

"여자들은 위층으로 올라가고 남자들은 모두 저기에다 코트를 거는 걸 보았거든. 헬렌과 춤추면 안 될 이유는 전혀 없어."

"알았어."

나는 잠시 망설이다가 다시 사람들을 헤치고 무도회장으로 돌아갔다.

하지만 일은 그렇게 간단치 않았다. 나는 우리와 함께 온 여자들과 춤추는 의무를 다해야 했고, 내가 헬렌 쪽으로 다가갈 때마다 그녀와 동행한 남자친구들 가운데 하나가 한 발 먼저 잽싸게 헬렌을 낚아채곤 했다. 이따금 헬렌이 나를 바라보는 듯한 느낌이 들었지만, 정말 그런지는 확신할 수 없었다. 확실한 것은 내가 이젠 즐겁지 않다는 것뿐이었다. 들뜬 기분은 사라지고, 절망적으로 헬렌을 바라볼 수밖에 없는 좌절감을 또다시 맛보아야 한다고 생각하면 기분은 더욱 비참해질 뿐이었다. 이번에는 상황이 더 나빴다. 아직 헬렌한테 말도 붙여보지 못했으니까.

지배인이 다가와서 전화가 걸려왔다고 말했을 때는 차라리 구원받은 기분이었다. 전화를 받아보니 홀 부인(스켈데일 하우스의 가정부)이었다. 난산을 하고 있는 암캐가 있는데 내가 가봐야 한다는 거였다. 손목시계를 보았다. 자정이 지나 있었다. 나에게 무도회는 끝난 셈이었다.

나는 잠시 그 자리에 서서 무도회장에서 들려오는 소리에 귀를 기울였다. 그러고는 천천히 코트를 입고 트리스탄의 친구들에게 작별 인사를 하러 갔다. 그들과 몇 마디 인사를 나누고, 손을 흔들고, 입구로 돌아왔다. 그리고 안팎으로 열리는 문을 밀었다.

헬렌이 거기에 서 있었다. 내게서 한 발짝도 떨어지지 않은 곳에 그녀가 있었다. 헬렌의 손도 문에 닿아 있었다. 헬렌이 안으로 들어오려는 건지 나가려는 건지는 궁금하지 않았다. 그저 미소 짓고 있는 그녀의 푸른 눈을 말없이 바라보았을 뿐이다.

"벌써 가세요?" 그녀가 물었다.

"예, 급한 환자가 있어서요."

"저걸 어째. 심각한 일이 아니었으면 좋겠군요."

나는 말을 하려고 입을 벌렸지만, 아름다운 헬렌이 바로 코앞에 있다는 사실이 내 세계를 가득 채웠다. 이룰 수 없는 갈망의 물결이 밀려와 나를 완전히 뒤덮었다. 나는 손을 조금 미끄러뜨려 물에 빠진 사람처럼 헬렌의 손을 움켜잡았다. 그러자 놀랍게도 그녀가 손을 돌려 내 손을 꽉 맞잡았다.

순식간에 악단도, 소음도, 사람들도 모두 사라졌다. 세상에 존재하는 것은 문간에 바싹 붙어 서 있는 우리 둘뿐이었다.

"같이 갑시다." 내가 말했다.

헬렌은 눈을 크게 뜨고, 내가 잘 아는 그 미소를 지었다.

"코트를 가져올게요." 헬렌이 속삭였다.

이건 내가 아니야. 나는 헬렌이 종종걸음으로 계단을 올라가는 것을 지켜보면서 생각했지만, 헬렌이 코트를 입으면서 층계참에 다시 나타났기 때문에 이것이 꿈이 아닌 현실이라는 것을 믿을 수밖에 없었다. 밖으로 나와서 시장의 자갈길 위에 세워둔 내 차에 올라탔다. 그런데 내 차도 깜짝 놀란 모양이었다. 엔진을 켜자마자 단번에 시동이 걸렸기 때문이다.

나는 조산 기구를 가지러 병원으로 돌아가야 했다. 달빛을 받은 조용한 길에 차를 세우고 헬렌과 함께 차에서 내려서는 스켈데일 하우스의 육중한 현관문을 열었다.

우리는 나란히 복도로 들어갔다. 그곳에서 할 일은 하나뿐이었다. 헬렌을 끌어안고 입을 맞추는 건 세상에서 가장 자연스러운 일이었다. 나는 서두르지 않고 감사한 마음으로 헬렌에게 입을 맞추었다. 이 순간을 얼마나 오랫동안 기다려왔던가. 시간이 쏜살같이 흘러갔다. 우리는 시간 가는 줄도 모르고 거기에 서 있었다. 발밑에는 검은색과 붉은색의 18세기 타일이 깔려 있고, 머리 위에는 입구를 내려다보는 '넬슨 제독의 죽음'이라는 대형 그림이 걸려 있었다.

복도가 처음 구부러지는 곳에 이르자 우리는 '웰링턴과 블뤼허의 워털루 회동'이라는 그림 밑에서 또다시 입을 맞추었다. 복도가 두 번째로 구부러지는 곳에서는 시그프리드가 승마용 코트와 부츠를 넣어두는 장식장 옆에서 다시 입을 맞추었다. 조제실에서는 기구를 찾는 틈틈이 입을 맞추었다. 바깥 정원에서도 입을 맞추었는데, 꽃들은 달빛 속에서 무언가를 기대하듯 조용히 서 있고 축축한 흙냄새와 풀냄새가 주위에서 피어올라 최고로 멋진 입맞춤이 되었다.

환자를 보러 가면서 그렇게 천천히 차를 몬 적은 한 번도 없었다. 시속 15킬로미터 정도였다. 헬렌은 내 어깨에 머리를 기대고 있었고, 열린 차창으로는 봄의 온갖 향기가 흘러들어 왔다. 폭풍이 휘몰아치는 바다에서 아름답고 안전한 항구로 들어가는 듯한 기분, 그리운 고향으로 돌아가는 듯한 기분이었다.

깊이 잠든 마을에서 불빛이 새어 나오는 창문은 하나뿐이었다. 내가 그 집 현관문을 노크하자 버트 채프먼이 문을 열어주었다. 버트는 도로공사를 하는 시청 인부였다.

시청의 도로공사 인부들은 늘 길에 나와 있다는 점에서 내 동료들이었다. 그들은 나와 마찬가지로 대러비 주변의 한적한 길에서 대부분의 시간을 보냈다. 나는 거의 일주일 내내 그들을 보았다. 그들은 여름에는 부순돌과 타르로 포장된 길을 보수하고 길가에 무성하게 자란 풀을 베었다. 겨울에는 길바닥에 모래를 뿌리고 눈을 치웠다. 내가 차를 몰고 지나가는 것을 보면 그들은 나를 본 것만으로도 기쁘기 짝이 없다는 듯 쾌활하게 웃으면서 손을 흔들곤 했다.

나는 이틀 전에도 버트 채프먼을 보았다. 그는 삽을 옆에 내려놓고 강둑 풀밭에 앉아 큼지막한 샌드위치를 먹고 있다가, 나를 보고는 활짝 웃으면서 근육이 불끈거리는 팔을 들어 인사를 했다. 함박웃음을 짓자 햇볕에 벌겋게 달아오른 둥근 얼굴이 둘로 갈라졌다. 그는 언제 보아도 태평해 보였지만 오늘 밤은 웃는 얼굴이 굳어 있었다.

"밤늦게 성가시게 해서 죄송합니다." 그는 우리를 집 안으로 안내하면서 말했다. "하지만 아무래도 수지가 좀 걱정이 돼서요. 새끼를 낳을 때가 돼서 수지가 온종일 보금자리를 만들고 부산을 떨었는데 아무 일도 일어나지 않는 거예요. 아침까지 두고 볼 작정이었지만, 자정 무렵에 심하게 헐떡거리기 시작해서…… 상태가 좀 이상합니다."

수지는 내 단골 환자였다. 체격이 우람한 주인은 늘 쑥스러워하며 수지를 병원에 데려왔다. 대기실에서 반려동물을 데려온 여자들 사이에 남자 혼자 앉아 있으면 어울리지 않아 보이는 것도 사실이었다. 버트는 대개 "집사람이 수지를 병원에 데려가라고 해서요" 하고 말했지만, 뻔한 변명이었다.

"수지는 잡종이지만 말을 아주 잘 듣는답니다."

버트는 여전히 변명하듯 말했지만 나는 그가 수지를 얼마나 사랑하는지 알 수 있었다. 수지는 텁수룩한 부랑자처럼 털이 마구 뒤엉킨 작은 개였다. 수지가 부리는 재롱이라고는 내 무릎에 앞발을 올려놓고 꼬리를 채찍처럼 휘두르며 활짝 웃는 것뿐이었다. 그런데 그게 못 견디게 귀여웠다.

그런데 수지가 오늘 밤은 딴판이었다. 우리가 거실로 들어가자 수지는 바구니에서 기어 나와 꼬리를 힘없이 딱 한 번 흔들고는 숨을 헐떡이며 방 한복판에 비참하게 서 있었다. 갈비뼈가 격렬하게 오르내렸다. 내가 허리를 숙이자 수지는 입을 크게 벌린 채 불안한 눈으로 나를 쳐다보았다.

나는 수지의 배를 만져보았다. 배가 그렇게 터질 것처럼 빵빵하게 부풀어 오른 개는 이제껏 본 적이 없었다. 몸집이 작은 수지는 축구공처럼 동그랬다. 쑥 튀어나갈 준비를 하고 있는 새끼들이 가득 들어 있었지만, 아무 일도 일어날 기미가 없었다.

"어떻습니까?"

햇볕에 그을린 버트의 얼굴이 수척해 보였다. 그는 옹이가 박인 커다란 손으로 수지의 머리를 잠깐 쓰다듬었다.

"아직은 잘 모르겠습니다. 내진을 해봐야겠으니까 뜨거운 물을 좀 갖다 주세요."

나는 물에 소독약을 타서 비누로 손을 씻고, 조심스럽게 손가락 하나를 수지의 질 속에 집어넣었다. 새끼가 한 마리 있었다. 손가락 끝이 새끼의 콧구멍과 작은 입과 혀를 스쳤다. 하지만 새끼는 그 좁은 통로에 코르크 마개처럼 꽉 끼여 있었다.

나는 쭈그리고 앉아서 채프먼 부부를 돌아보았다.

"큰 새끼 한 마리가 단단히 끼여 있는 것 같습니다. 이 녀석만 나오면 나머지는 쑥쑥 빠져나올 겁니다. 다른 녀석들은 몸집이 좀 작을 테니까요."

"그 녀석을 빼낼 방법이 있나요?" 버트가 물었다.

나는 잠시 생각했다.

"겸자(집게)로 머리를 집어서 움직이는지 볼게요. 겸자를 쓰고 싶지는 않지만, 한번 조심스럽게 해보겠습니다. 그래도 안 되면 병원에 데려가서 제왕절개를 해야 할 겁니다."

"수술이라고요?"

버트가 중얼거리고는 침을 꿀꺽 삼키며 겁먹은 눈으로 아내를 힐끔 돌아보았다. 덩치 큰 남자들이 대개 그렇듯이 버트도

키가 150센티미터밖에 안 되는 아담한 여자와 결혼했고, 지금 이 순간 의자에 몸을 웅크린 채 놀란 눈으로 나를 뚫어지게 바라보는 채프먼 부인은 여느 때보다도 더 작아 보였다.

"수지를 시집보내지 말았어야 하는 건데." 부인이 손을 쥐어짜면서 한탄했다. "다섯 살에 초산을 하는 건 너무 늦다고 말했지만, 남편은 들으려 하질 않았어요. 이제 수지를 영영 잃어버리겠군요."

나는 서둘러 부인을 안심시켰다.

"다섯 살이라도 너무 늦지는 않습니다. 모두 잘될 겁니다. 어디 한번 해봅시다."

나는 끓는 물로 기구를 소독한 다음 다시 환자 뒤에 무릎을 꿇었다. 겸자를 들어 올려 자세를 취하자 강철이 빛을 받아 번쩍 빛났다. 그러자 검붉게 그을린 버트의 얼굴에서 핏기가 사라지고 그의 아내는 의자에서 공처럼 몸을 웅크렸다. 그들을 조수로 쓰는 것은 애당초 가망 없는 일이었다. 그래서 헬렌에게 수지의 머리를 잡게 하고는 다시 새끼 쪽으로 손가락을 집어넣었다. 겸자를 넣을 공간도 거의 없었지만 나는 손가락을 따라 간신히 겸자를 새끼의 코까지 밀어 넣었다. 그런 다음 신중하게 겸자를 벌려 머리를 끼웠다.

결과는 이제 곧 알게 될 터였다. 이런 상황에서는 무리하게 잡아당기면 안 된다. 일이 쉽게 일어나도록 도와준다는 마음가짐이 필요하다. 새끼가 조금 움직인 듯한 느낌이 들었다. 다시 한 번 해보니, 이번에는 틀림없었다. 새끼는 분명 내 쪽으로 다가오고 있었다. 수지도 상황이 좋아지고 있음을 알아차린 듯, 무기력한 상태에서 벗어나 열심히 힘을 주기 시작했다.

그때부터는 아무 문제도 없었다. 나는 새끼를 쉽게 끌어낼 수 있었다.

"이 녀석은 아무래도 살지 못할 것 같군요."

내 손바닥에 올려놓은 작은 새끼는 숨을 쉴 기미가 없었다. 하지만 엄지와 집게손가락으로 가슴을 집어보니 심장이 규칙적으로 뛰고 있었다. 나는 얼른 새끼의 입을 벌리고 허파에 숨을 불어넣었다.

나는 인공호흡을 몇 번 되풀이하고 바구니에 새끼를 눕혔다. 그래 봤자 아무 소용도 없을 거라고 생각했기 때문이다. 그런데 바로 그때 작은 흉곽이 갑자기 올라갔다. 두 번, 세 번……

"살았어요!" 버트가 기뻐서 소리쳤다. "장하다! 우리는 이 새끼들을 모두 살리고 싶어요. 아비가 잭 데니슨네 테리어인데, 정말 대단한 놈이지요."

"맞아요." 채프먼 부인이 거들었다. "새끼를 달라는 사람이 하도 많아서, 수지가 아무리 많이 낳아도 모자랄 판이에요. 모두 수지의 새끼를 갖고 싶어 한답니다."

"당연히 그렇겠지요."

이렇게 말했지만 속으로는 웃음을 참을 수 없었다. 잭 데니슨네 테리어도 혈통이 불확실한 잡종개니까 이 새끼들은 잡종 중의 잡종일 것이다. 하지만 그게 무슨 상관인가.

나는 수지에게 피튜이트린 0.5시시를 투여했다.

"저 녀석을 밀어내느라 몇 시간이나 고생했으니까 피튜이트린이 필요할 겁니다. 이제 무슨 일이 일어나는지 두고 봅시다."

즐거운 기다림이었다. 채프먼 부인은 차를 끓이고 스콘에 버터를 바르기 시작했다. 수지는 피튜이트린의 도움으로 15분마다 한 마리씩 자랑스러운 태도로 새끼를 밀어냈다. 새끼들은 그렇게 작은 동물치고는 놀랄 만큼 큰 소리로 울어댔다.

시간이 갈수록 눈에 띄게 느긋해진 버트는 파이프를 피우면서 빠르게 불어나는 가족을 바라보았다. 새끼가 한 마리 태어날 때마

다 버트의 입은 옆으로 점점 더 벌어졌다.

"젊은 두 분이 이렇게 함께 있어줘서 정말 고마워요." 채프면 부인은 고개를 한쪽으로 기울이고 우리를 걱정스러운 눈으로 바라보았다. "무도회장으로 돌아가고 싶어서 줄곧 안달이 났을 텐데."

나는 드로버스 암스에서 벌어지고 있을 소동을 생각했다. 담배 연기, 후끈한 열기, '소방수'들의 끊임없는 연주. 나는 평화로운 작은 방을 둘러보았다. 거무튀튀한 구식 벽난로, 바니시를 칠한 낮은 들보, 채프면 부인의 반짇고리, 벽에 줄지어 걸려 있는 버트의 담배 파이프. 나는 지난 한 시간 동안 탁자 밑에서 잡고 있었던 헬렌의 손을 더 힘껏 움켜잡았다.

"천만에요. 무도회에는 조금도 가고 싶지 않았습니다." 내가 말했다. 그 말은 진심이었다.

마침내 수지의 출산이 끝났다고 판단한 것은 2시 반이 지나서였다. 수지는 건강한 새끼를 여섯 마리 낳았다. 그렇게 작은 개치고는 많이 낳은 편이었다. 새끼들이 자리를 잡고 통통 불은 어미젖을 빨기 시작하자 소음이 한결 줄어들었다.

나는 새끼들을 한 마리씩 들어 올려 검사했다. 수지는 싫어하기는커녕, 내가 새끼를 만질 때마다 자랑스럽게 웃고 있는 것 같았다. 내가 새끼를 돌려주면 수지는 얼른 냄새를 맡으며 새끼를 조사하고는 다시 옆으로 드러눕곤 했다.

"수컷 세 마리에 암컷 세 마리, 딱 맞게 낳았군요." 내가 말했다.

그 집을 떠나기 전에 나는 수지를 바구니에서 들어 올려 배를 만져보았다. 빵빵했던 배가 믿을 수 없을 만큼 홀쭉해져 있었다. 풍선을 바늘로 터뜨린다 해도 이만큼 극적으로 모양이 달라질 수는 없을 것이다. 수지는 어느새 내가 잘 아는 여위고 텁수룩하고 붙임성 많은 개로 돌아와 있었다.

내가 놓아주자 수지는 서둘러 바구니로 돌아가 새끼들을 감싸 안았고, 새끼들은 곧 젖을 빠는 데 열중했다.

버트가 껄껄 웃었다. 그러고는 허리를 숙여 처음 태어난 새끼들을 손가락으로 콕콕 찔렀다.

"수지가 새끼들한테 완전히 뒤덮여버렸군요. 나는 이 수놈이 마음에 들어. 여보, 이 녀석은 우리가 키웁시다. 수지에게 좋은 놀이 상대가 될 거야."

떠날 시간이었다. 헬렌과 나는 문으로 다가갔다. 작달막한 채프먼 부인이 문 손잡이를 잡고 나를 쳐다보았다.

"선생님, 뭐라고 감사해야 할지 모르겠네요. 수지한테 무슨 일이 생겼다면 남편이 어떻게 됐을지……."

버트는 멋쩍은 듯 씨익 웃으며 중얼거렸다.

"어떻게 되긴? 나는 사실 조금도 걱정하지 않았어."

채프먼 부인은 웃으면서 문을 열었다. 봄 향기가 가득한 조
용한 밤거리로 나오자 부인은 내 팔을 잡고 짓궂은 눈으로 나
를 쳐다보았다.

"이 아가씨는 선생님 애인이겠죠?"

나는 헬렌의 어깨를 감싸 안았다.

"예, 제 애인입니다." 나는 단호하게 말했다.

5

행복한 시달림

핀 칼버트와의 첫 만남은 내가 진찰실 밖 도로에서 줄리언 쿠츠 브라운 준장에게 그의 사냥개에 대한 이야기를 하고 있을 때였다. 이 준장은 마치 연극에 나오는 영국 귀족 같았다. 키가 크고 등이 구부정하고 얼굴은 매 같고, 말을 할 때는 새된 목소리로 느릿느릿 이야기한다. 가느다란 담배를 피우면서 말하기 때문에 연기가 입술 사이로 조금씩 새어 나왔다.

인도에 무거운 장화 소리가 울렸기 때문에 나는 뒤를 돌아보았다. 건장한 체격의 남자가 바지 멜빵 안쪽에 두 손을 찔러 넣고, 낡아빠진 윗옷 앞자락을 풀어헤쳐 네크라인이 뒤틀린 셔츠를 드러낸 채, 빠른 걸음으로 쿵쿵 발소리를 내며 우리한테 다가왔다. 기름때가 묻은 모자 밑으로 백발이 섞인 더부룩한 머리털이 비어져 나와 있었다. 그는 특별히 누구한테랄 것도 없이 싱글싱글 웃으면서 바쁜 듯이 콧노래를 부르고 있었다.

준장은 그를 힐끔 보았다.

"오랜만이군, 칼버트." 그는 쌀쌀맞게 중얼거리듯이 인사를 했다.

핀은 고개를 들어 상대를 알아보고는 기쁜 듯한 표정을 지었다.

"어여, 찰리, 잘 지냈나?" 그는 큰 소리로 말했다.

준장은 식초를 한 사발 꿀꺽 삼킨 듯한 표정이 되었다. 그러고는 떨리는 손으로 담배를 입에서 떼고, 멀어져 가는 칼버트의 뒷모습을 노려보며 "뻔뻔스러운 놈!" 하고 중얼거렸다.

핀 칼버트를 보면 아무도 그가 유복한 농장주라고는 생각지 않을 것이다. 그로부터 일주일 뒤, 왕진 요청을 받고 그의 집에 간 나는 상당한 규모의 집과 부속건물과 풀을 뜯고 있는 젖소 떼를 보고 깜짝 놀랐다.

내가 차에서 미처 내리기도 전에 그의 목소리가 들려왔다.

"여어, 여어, 여어, 이게 누구야? 새로 온 수의사 선생 아니신가? 어서 오시오!"

그는 여전히 바지 멜빵 안쪽에 두 손을 찔러 넣은 채로 입을 여느 때보다 더 크게 벌리고 싱글싱글 웃고 있었다.

"헤리엇입니다." 나는 말했다.

"그런가?" 핀은 고개를 갸웃하고 나를 말똥말똥 바라본 뒤, 옆에 서 있던 세 젊은이를 돌아보았다. "이 선생은 웃는 얼굴이 꽤 느낌이 좋잖아? 이거 정말 유쾌한 젊은이가 오셨군!"

그는 발꿈치를 돌리더니 안뜰을 가로질러 길을 안내하기 시작했다.

"이쪽으로 오시오. 선생의 수완을 한번 봅시다. 당신이 소에 대해 잘 알았으면 좋겠는데. 어쨌든 병에 걸린 소가 지금 우리 농장에 몇 마리나 있어서 말이오."

그가 송아지 우리로 들어갔을 때 나는 차 안에 놓아둔 신약이나 혈청을 사용하여 눈부신 성과를 거둘 수 있다면 좋을 텐데 하고 생각했다. 이 자리에서 상대에게 충격을 주려면 뭔가 특별한 게 필요했다.

우리에는 한 살배기라고 해도 좋을 정도의 몸집을 가진 발육 좋은 송아지가 여섯 마리 있었는데, 그중 세 마리는 움직임이 아무래도 이상했다. 계속 이를 갈고 입에서 거품을 내뿜고, 마치 눈이 먼 것처럼 우리 안을 조심스럽게 돌아다니고 있었다. 보고 있으려니까 그중 한 마리가 정면으로 벽에 부딪히자 돌벽에 코를 눌러댄 채 가만히 서 있었다.

핀은 무관심한 태도로 구석에서 콧노래를 부르고 있었다. 내가 상자에서 체온계를 꺼내려 하자, 갑자기 그가 큰 소리로 불평을 하기 시작했다.

"이봐요, 뭐하고 있는 거요? 이제 일을 시작해야 할 거 아뇨? 빨리해주쇼."

송아지의 직장에 체온계를 넣어두고 30초를 기다리는 동안은 보통 이것저것 불안한 생각이 들어서 마음이 안정되지 않는 법이다. 그런데 이번에는 진단을 내리는 데 별로 많은 시간이 필요하지 않았다. 어쨌든 상대는 앞이 보이지 않으니까 일은 간단했다. 나는 송아지 우리의 안쪽 벽을 둘러보기 시작했다. 어두웠기 때문에, 안쪽 벽에 얼굴을 가까이 갖다 대지 않으면 알 수 없다.

핀이 또 입을 열었다.

"이봐요, 어떻게 된 거요? 선생은 졸린 눈으로 여기저기 냄새를 맡고 다니는 송아지 같군. 대체 뭘 찾고 있는 거요?"

"페인트입니다. 칼버트 씨. 댁의 송아지는 연독증(납중독)에 걸린 것 같습니다."

핀은 이럴 경우 어느 농장주나 할 법한 말을 했다.

"그럴 리가. 나는 30년 동안 이 우리에서 송아지를 키웠는데, 연독증 같은 건 한 번도 걸린 적이 없었소. 어쨌든 여기에는 페인트 같은 건 없어요."

"그럼 이건 어떻습니까?"

나는 가장 어두운 구석을 뚫어지게 바라보다가, 떨어져 나가려 하고 있는 널빤지를 잡아당겼다.

"아아, 그건 구멍을 막으려고 저번 주에 박은 널조각일 뿐이오. 오래된 닭장에서 가져온 건데."

105

나는 20년쯤 된 페인트가 작은 조각이 되어 흐슬부슬 벗겨지고 있는 것을 바라보았다. 송아지는 여기에 당한 것이다.

"바로 이겁니다. 송아지한테 해를 준 게." 나는 말했다. "자, 보세요. 송아지들의 이빨 자국이 보이죠?"

핀은 가까이 다가와서 그 널빤지를 자세히 살펴보고는 이해할 수 없다는 태도로 중얼거렸다.

"그런가? 그럼 어떻게 하면 되겠소?"

"우선 이 페인트를 칠한 널빤지를 모두 떼어내야 합니다. 그리고 모든 송아지한테 엡솜 염을 먹이세요. 댁에 엡솜 염이 있습니까?"

핀은 호쾌하게 웃었다.

"있고말고. 큼지막한 자루에 가득 들어 있소. 하지만 그보다 나은 치료는 할 수 없겠소? 주사는 안 놓을 거요?"

이 말에는 나도 조금 당황했다. 이 무렵에는 금속 중독에 대한 특별 해독제가 아직 발견되지 않았기 때문에, 가끔씩 다소나마 효과가 있는 거라고는 보통은 불용성인 황산납을 침전시키는 황산마그네슘 정도밖에 없었다. 황산마그네슘의 통칭은 물론 엡솜 염이었다.

"주사는 안 놓습니다. 주사를 놓아봤자 아무 도움도 안 되고, 엡솜 염도 잘 들을지 어떨지 확실히 알 수는 없지만, 어쨌든 하루에 세 번 숟가락으로 수북이 2스푼씩 송아지들한테 먹이세요."

"아니, 그게 무슨 소리요? 그런 짓을 하면 송아지들은 불쌍하게도 죽어버릴 거요!"

"어쩌면 그럴지도 모르지요. 하지만 다른 치료법은 없으니까요."

핀은 한 걸음 앞으로 나섰다. 거무스름하고 주름이 깊게 패인 얼굴이 내 얼굴 쪽으로 불쑥 다가왔다. 그는 갈색 얼룩이 있는 약삭빠른 눈으로 몇 초 동안 나를 뚫어지게 바라보다가 갑자기 얼굴을 홱 돌렸다.

"알았소." 그는 말했다. "자, 우리 집에 가서 한잔하고 가시오."

핀은 앞장서서 성큼성큼 부엌으로 들어가더니, 유리창이 흔들릴 만큼 큰 소리로 으르렁거리듯 말했다.

"여보! 이 분한테 맥주 한잔 대접해줘. 이리 와서 유쾌한 젊은 선생한테 인사해."

칼버트 부인은 마법이라도 부린 것처럼 눈 깜짝할 사이에 나타나, 컵과 맥주를 탁자 위에 놓았다. 맥주병의 라벨을 힐끗

보니 '너티 브라운 에일'이라고 쓰여 있었다. 나는 내 잔에 그 맥주를 따랐다. 그때는 알아차리지 못했지만, 그것은 역사적인 순간이었다. 이 맥주를 처음 입에 댄 이후 나는 그 탁자에서 너티 브라운 에일을 믿을 수 없을 만큼 많이 마시게 된 것이다.

칼버트 부인은 무릎 위에 두 손을 맞잡고 잠시 앉아 미소를 띠었다. 얼마든지 드시라고 말하는 듯한 미소였다.

"그런데 그 송아지들을 치료할 방법이 있나요?" 그녀가 물었다.

내가 미처 대답하기도 전에 핀이 끼어들었다.

"있고말고. 얼마든지 있어. 선생은 엡솜 염을 먹이래."

"엡솜 염을요?"

"그래. 선생이 오셨을 때 당신은 뭔가 세련되고 과학적인 치료를 해주실 거라고 했지? 젊은 수의사가 근대적인 사고방식을 갖고 오면 어디에도 적수가 없다고."

그는 진지한 얼굴로 맥주를 찔끔찔끔 마셨다.

그 후 며칠 동안 송아지들은 서서히 좋아졌다. 2주가 지날 무렵에는 모두 원래대로 먹이를 먹기 시작했다. 가장 상태가 나빴던 송아지만 아직 눈이 잘 보이지 않는 것 같았지만, 이 녀석도 다시 잘 볼 수 있게 될 거라고 나는 확신했다.

그리고 며칠도 지나기 전에 나는 또 핀을 만났다. 오후에 내가 시그프리드와 함께 진찰실에 있을 때 현관문이 쾅 하고 요란한 소리를 냈다. 잠시 후 구두 바닥에 박은 징이 복도 바닥에 닿는 소리가 탕탕 울려 퍼졌다. "탄 탄 탄 타라 라타 타타" 하고 흥얼거리는 소리도 들려왔다. 이윽고 핀 칼버트가 우리 앞에 모습을 나타냈다.

"여어, 여어, 여어!" 그는 하보틀 양(스켈데일 하우스의 업무 비서)에게 외치듯이 말했다. "플로시잖아. 이렇게 화창한 날 뭐 하고 있나?"

하보틀 양의 돌 같은 얼굴은 꿈쩍도 하지 않았다. 그녀는 침입자에게 얼음처럼 차가운 눈길을 보냈지만, 핀은 홱 방향을 돌려 시그프리드를 마주 보고 누런 이를 드러내며 싱글싱글 웃었다.

"어때요? 일은 잘 되어갑니까?"

"괜찮습니다, 칼버트 씨." 시그프리드가 대답했다. "그런데 무슨 일로 오셨습니까?"

핀은 나를 가리켰다.

"이 젊은 선생을 지금 바로 우리 집에 데려가고 싶은데."

"무슨 일이 있습니까?" 내가 물었다. "또 그 송아지 때문인가요?"

"아니, 천만에. 그렇다면 좋겠지만, 우리 수소가 풀무처럼 하악하악 하고 거친 숨을 쉬고 있어서 말이오. 폐렴 같은데, 그렇게 심한 건 본 적이 없어서. 지금 당장이라도 죽을 것 같소. 이젠 지쳐서 축 늘어져 버렸다니까."

순간 핀의 얼굴에서 익살스러운 표정이 사라졌다.

이 수소에 대해서는 전에 들은 적이 있었다. 혈통서가 딸려 있고 품평회에서 상을 받은 적도 있는 더럼종 소인데, 그가 키우고 있는 소들 중에서 중심적인 존재였다.

"칼버트 씨, 바로 뒤따라가겠습니다. 뒤따라갈 테니까 먼저 가 계세요."

"좋소. 그럼 먼저 실례하리다."

핀은 입구에 멈춰 섰다. 누더기를 걸치고 칠칠치 못한 차림이지만, 지칠 줄 모르는 느낌이었다. 헐렁한 바지가 살찐 허리 주위에서 풍선처럼 부풀어 있었다. 그는 다시 한 번 하보틀 양쪽으로 돌아서서 무두질한 가죽처럼 딱딱해 보이는 얼굴 피부를 누그러뜨리며 희롱거리는 듯한 눈길을 보냈다.

"따라랑, 그럼 플로스!" 그는 외치고 밖으로 나갔다.

잠시 방 안은 불이 꺼진 것처럼 조용해졌다. 하보틀 양만 잔뜩 골이 나서 "뭐 저런 남자가 다 있어! 아아, 싫다, 싫어!" 하고 뾰로통하게 말했다.

서둘러 농장으로 달려갔더니 핀과 세 아들이 기다리고 있었다. 아들들은 풀이 죽어 있는 듯이 보였지만 핀은 아직도 투지가 만만했다.

"아, 선생이 왔군! 유쾌한 젊은이가 와주었어. 이제 괜찮아."

우리가 수소 우리로 가는 도중에도 그는 노래를 흥얼거릴 만한 여유가 있었다. 하지만 문 너머로 우리 안을 들여다보았을 때는 고개를 푹 숙이고 두 손을 바지 멜빵 안쪽에 깊이 쑤셔 넣었다.

수소는 우리 한가운데에 뿌리라도 내린 것처럼 꼼짝도 않고 서서, 커다란 늑골이 부풀어 올랐다가 움푹 꺼지기를 되풀이하고 있었다. 내가 지금까지 본 적도 없을 만큼 힘겨운 호흡이었다. 입은 딱 벌린 채였고, 입술이나 반들거리는 콧구멍 언저리에는 부글부글 일어난 거품이 늘어져 있었다. 공포에 질린 나머지, 눈이 금방이라도 두개골에서 튀어나올 것 같은 느낌이었다. 그런 눈으로 수소는 앞쪽 벽을 뚫어지게 바라보고 있었다. 폐렴이 아니었다. 지독한 호흡 곤란에 빠져 있었다. 게

다가 위험한 상태였다.

　체온계를 밀어 넣을 때도 수소는 꿈쩍하지 않았다. 나는 초조했지만, 이번에는 30초도 길게 느껴지지는 않을 거라고 생각했다. 소의 호흡이 급박할 거라고는 생각했지만 설마 이 정도일 줄은 몰랐다.

　"불쌍한 늙다리." 핀이 중얼거렸다. "이 녀석의 씨에서는 우수한 송아지만 태어났고, 게다가 이 녀석은 양처럼 얌전한 놈이오. 우리 손자들이 이 녀석의 배 밑을 걸어 다녔지만 이 녀석은 알면서도 모르는 체했지. 이 녀석이 괴로워하는 건 차마 볼 수가 없군. 선생도 잘 안 될 것 같으면 솔직히 말해주시오. 그러면 총을 꺼내올 테니까."

　나는 체온계를 빼내어 눈금을 보았다. 43도가 넘었다. 이건 이상하다. 나는 체온계를 힘껏 흔든 다음 다시 소의 직장에 밀어 넣었다.

　이번에는 그럭저럭 1분 동안 체온계를 몸속에 넣어두었기 때문에 조금은 여유 있게 생각을 할 수 있었다. 두 번째도 역시

43도였다. 나는 체온계의 길이가 1피트였다면 수은주는 최고 온도까지 쑥쑥 올라가버렸을 거라고, 별로 유쾌하지 않은 생각을 하고 있었다.

도대체 어찌 된 일일까? 비탈저일 수도 있다…… 그래, 비탈저가 분명해…… 나는 문을 열고, 우리 안을 들여다보고 있는 사람들의 얼굴을 바라보았다. 그들은 내가 무언가 말하기를 기다리고 있었다. 그들이 입을 다물고 있어서 수소의 신음 소리와 헐떡거리는 소리가 더 크게 들렸다. 나는 그들의 머리 위로 보이는 네모난 천창으로 푸른 하늘과 태양을 스쳐 지나가는 폭신한 구름을 쳐다보았다. 그 구름이 지나가자 눈부신 한 줄기 빛이 비쳐 들어왔기 때문에 나도 모르게 눈을 감았다. 그때 가슴속에서 희미한 벨 소리가 울렸다.

"이 소가 오늘 밖에 나갔습니까?" 나는 물었다.

"오전 내내 끈으로 묶어서 풀밭에 내놓았소. 날씨가 화창하고 따뜻했으니까."

가슴속에서 승리의 벨 소리가 드높이 울려 퍼졌다.

"당장 호스를 가져오세요. 안마당의 수도꼭지에 호스를 연결할 수 있을 거예요."

"호스요? 도대체 그건 왜……?"

"그래요. 되도록 빨리. 이 소는 일사병에 걸렸으니까요."

그들은 1분도 지나기 전에 호스를 수도꼭지에 연결했다. 나는 수도꼭지를 틀고 수소의 커다란 몸뚱이에 냉수를 세차게 끼얹었다. 머리, 목, 늑골, 다리 위쪽에서 아래쪽까지. 약 5분 동안 이 일을 계속했지만, 뭔가 회복될 조짐이 나타나지 않을까 하고 조바심하며 기다리고 있었기 때문에 훨씬 오랜 시간이 지난 것처럼 느껴졌다. 혹시 방식이 틀렸나 하고 생각하기 시작했을 때 수소가 딱 한 번 꿀꺽하고 목을 울렸다.

그것은 다소나마 좋은 징후였다. 그때까지 필사적으로 폐에 공기를 빨아들이려 애쓰고 있었기 때문에 침을 삼킬 수 없었던 것이다. 이윽고 이 커다란 동물에게 변화가 나타나기 시작한 것을 알 수 있었다. 분명히 소는 고통이 조금 줄어든 것 같았다. 호흡도 조금은 안정된 것 같았다.

오래지 않아 수소는 몸을 부르르 떨고는 고개를 돌려 우리를 바라보았다. 젊은 아들들 가운데 하나가 떨리는 목소리로 중얼거리는 게 들렸다.

"굉장해. 효과가 있었어!"

그 말을 듣고 나는 기분이 유쾌해졌다. 오래 수의사 생활을 하는 동안, 외양간 안에 서서 수소의 목숨을 구해줄 물을 분출

시켜, 그 물을 신나게 몸으로 받고 있는 수소의 모습을 지켜보고 있던 그때만큼 즐거웠던 적이 또 있었을까? 소는 얼굴에 물을 끼얹어주는 것을 제일 좋아했다. 내가 꼬리부터 김을 내고 있는 등까지 물을 끼얹자, 소는 목을 좌우로 흔들고 즐거운 듯이 눈을 껌벅거리며 코끝을 정면으로 물속에 처박으려 했다.

30분쯤 지나자 수소는 거의 정상으로 돌아온 것처럼 보였다. 아직도 약간 헐떡거리고 있긴 했지만 불쾌감은 씻은 듯 사라진 것 같았다. 나는 다시 한 번 체온을 재보았다. 40도로 내려가 있었다.

"이제 괜찮습니다." 나는 말했다. "하지만 아드님 한 분이 앞으로 20분쯤 계속 물을 끼얹어주는 게 좋을 것 같네요. 나는 이제 돌아가 봐야 하니까요."

"그래도 한잔하고 갈 시간쯤은 있겠지요?" 핀이 못마땅한 듯이 말했다.

그는 부엌에서 여느 때처럼 "여보!" 하고 소리를 질렀지만, 그 목소리에서는 여느 때의 거친 말투가 조금 줄어들어 있었다. 그는 의자에 털썩 주저앉아, 술잔에 따른 너티 브라운 에일을 들여다보고 있었다.

"젊은 선생." 그가 말했다. "이번만은 나도 정말 당황했소."

그는 한숨을 쉬고, 믿을 수 없다는 표정으로 턱을 문질렀다.

"뭐라고 하면 좋을지 모르겠지만."

*

핀이 뭐라고 말도 할 수 없게 된다는 것은 흔치 않은 일이다. 그는 오래지 않아 다음 농장주 토론회에서 다시 말할 기회를 얻었다.

어느 학식 있고 진지한 신사가 수의학의 진보에 대해, 그리고 의사가 인간 환자를 치료하듯 최신 약품과 처치로 가축을 치료할 수 있게 된 현 상황에 대해 자세히 설명했다.

핀은 듣고 있다가 더 이상 참을 수 없다는 듯이 벌떡 일어나서 외쳤다.

"당신은 시시한 이야기만 하고 있어. 대러비에는 대학을 나온 지 얼마 안 된 젊은 수의사 선생이 있는데, 당신이 그 선생에 대해 뭐라고 하든 상관없지만, 그 선생은 엡솜 염과 찬물밖에 안 써."

6

몽상가 미키

비가 추적추적 내리는 밤 9시였다. 하지만 일은 아직도 끝나지 않았다. 나는 운전대를 더욱 단단히 움켜잡고 앉음새를 바꾸면서 나지막하게 신음 소리를 냈다. 고단한 근육이 불평을 했기 때문이다.

왜 이런 직업을 택했을까? 좀 더 쉽고 평온한 직업을 택할 수도 있었을 텐데. 광부나 벌목꾼도 수의사보다는 나을 거야. 나는 세 시간 전에 송아지를 받으러 대러비 시장을 지날 때부터 자기 연민에 빠지기 시작했다. 상점들은 모두 문을 닫았고, 겨울비가 내리는 시내에는 느긋한 분위기가 감돌고 있었다. 다른 사람들은 모두 하루 일을 끝내고 난롯가에서 책을 읽거나 담배를 피우며 편안히 쉬고 있을 것이다. 나도 집에 돌아가면 난로와 책이 있고, 게다가 헬렌도 있었다.

내가 낭패감에 빠진 것은 젊은이들을 가득 실은 차가 선술집 '드로버스 암스' 앞에서 떠나는 것을 보았을 때였다. 무도회나 파티에 가는 길인 듯 한껏 모양을 낸 세 쌍의 남녀가 즐겁게 웃으며 떠들고 있었다. 다들 편안하고 즐거운 시간을 보내고 있는데 오직 헤리엇만은 추위와 비를 무릅쓰고 중노동이 기다리고 있는 고지대로 털털거리며 달려가야 한다.

새끼를 낳고 있는 암소를 보았을 때도 전혀 기운이 나지 않았다. 아직 출산 경험이 없는 젊은 암소인데다 비쩍 말라서 뼈와 가죽만 남은 것처럼 보였다. 암소는 앞이 트인 초라한 헛간에 옆으로 누워 있었다. 바닥에는 낡은 깡통과 부서진 벽돌 같은 쓰레기가 어지럽게 흩어져 있었지만, 녹슨 석유램프에서 바람에 깜박거리며 새어 나오는 불빛밖에 없는 곳에서는 발부리에 차이는 것이 무엇인지도 분간하기 어려웠다.

나는 그 헛간에서 송아지를 조금씩 끌어내면서 두 시간을 보냈다. 태위가 잘못된 것이 아니라 송아지가 산도에 꽉 끼였을 뿐이지만, 암소가 일어나려 하지 않았기 때문에 나는 줄곧 헛간 바닥에 엎드려 벽돌과 깡통 사이를 굴러다녀야 했다. 일어난 것은 양동이로 손을 씻으러 갈 때뿐이었다. 오들오들 떨면서 양동이까지 가는 동안에도 얼음처럼 차가운 비가 추위에 움츠러든 내 가슴과 어깨를 때렸다.

그리고 이제 나는 집으로 돌아가고 있었다. 얼굴은 꽁꽁 얼어버렸고, 피부는 옷에 닿을 때마다 쓸려서 따끔거렸다. 저녁 내내 힘센 사내들한테 머리부터 발끝까지 실컷 뭇매를 맞은 것처럼 온몸이 쑤시고 아팠다. 콥턴이라는 작은 마을로 접어들었을 때는 자기 연민에 빠져 허우적거리고 있었다. 따뜻한 여름철에는 이 마을도 목가적이었다. 초록빛 언덕 비탈을 끼고 도는 길과 히스가 우거진 고원까지 뻗어 있는 짙푸른 나무들은 언제나 퍼스셔(스코틀랜드 중부의 풍광이 아름다운 지역)의 풍경을 연상시켰다.

하지만 오늘 밤에는 그 마을도 캄캄하게 죽어 있었다. 빗줄기가 헤드라이트 불빛을 가로질러 문이 굳게 닫힌 집들을 때렸다. 빛이라고는 마을 한복판의 선술집에서 새어 나오는 희미한 불빛뿐이었다. 빗물이 강을 이루어 흐르는 길에 선술집 불빛이 조용히 떨어져 있었다. 나는 바람에 흔들리는 '여우와 사냥개'라는 간판 밑에 차를 세우고 문을 열었다. 맥주라도 한잔하면 기운이 날지도 모른다.

술집으로 들어가자 쾌적한 온기가 나를 맞아주었다. 카운

터는 없고, 농가 부엌을 개조하여 벽에 회반죽을 칠하고 등받이가 높은 의자와 참나무 탁자를 늘어놓았을 뿐이었다. 한쪽 끝에 낡은 화덕이 있고, 장작불이 탁탁 소리를 내며 타고 있었다. 그 위에서는 벽시계가 손님들이 중얼거리는 소리보다 더 큰 소리로 똑딱거렸다. 요즘 술집 같은 활기는 없었지만 평화로웠다.

내가 의자에 앉자 옆 사람이 말을 걸어왔다.

"지금까지 일하셨나 보군요?"

"아아, 테드, 어떻게 알았어요?"

테드는 더러워진 내 방수 코트와 장화에 눈길을 던졌다. 농장에서 갈아입기가 귀찮아서 그대로 걸치고 온 것이다.

"그 차림은 일요일에 입는 양복이 아니고, 코끝에는 피가 묻어 있고, 귀에 쇠똥이 묻어 있으니까요."

테드 돕슨은 30대의 덩치 큰 소몰이꾼이었다. 그가 활짝 웃자 하얀 이가 드러났다.

나도 웃으면서 손수건으로 얼굴을 문질렀다.

"때로는 왜 그렇게 코가 근지러운지 이상해요."

나는 술집 안을 둘러보았다. 여남은 명의 손님이 맥주를 마시고 있었다. 개중에는 도미노 게임을 즐기는 사람도 있었다. 모두 농장 일꾼들, 내가 동트기 전에 침대에서 어둠 속으로 불려나올 때 늘 보는 사람들, 꼭두새벽에 일어나 허름한 외투 차림으로 비바람을 피해 고개를 숙인 채 자전거를 타고 농장으로 일하러 가는 사람들, 생계를 위해 고된 현실을 묵묵히 받아들이는 사람들이었다. 새벽에 일터로 가는 그들을 볼 때마다 나는 생각하곤 했다. 이런 일이 나한테는 이따금 일어날 뿐이지만, 저 사람들은 날마다 하는 일이라고.

게다가 그들은 일주일에 30실링을 벌기 위해 그 고생을 감수하고 있었다. 여기서 그들을 보자 나는 좀 부끄러운 생각이 들었다.

술집 주인은 워터스 씨였다. '워터스'에는 오줌이라는 뜻도 있기 때문에 그는 걸핏하면 놀림감이 되곤 했다. 워터스 씨가 맥주 거품을 내기 위해 단지를 높이 들어 올려 내 잔을 채워주었다.

"여기 있습니다, 헤리엇 선생님. 6펜스 되겠습니다. 특별히 할인해서 반값에 드리는 거예요."

이 술집에서 파는 맥주는 모두 지하실의 나무통에 들어 있는 것을 단지에 옮겨서 가져온 것이었다. 손님이 붐비는 술집에서는 도저히 불가능한 일이겠지만, '여우와 사냥개'는 붐빌 때가 거의 없었다. 워터스 씨는 선술집에서 돈을 벌어 부자가 되지는 못할 것이다. 하지만 그는 술집 옆에 있는 작은 외양간에서 암소 네 마리를 키웠고, 술집 뒷마당에서는 암탉 쉰 마리가 모이를 쪼며 돌아다녔고, 암퇘지 두 마리는 해마다 새끼를 몇 배씩 낳았다.

"고맙습니다, 워터스 씨."

나는 맥주를 한 모금 길게 들이켰다. 추운 데서 땀을 흘렸더니 목이 말랐다. 시원한 맥주가 흘러들자 갈증이 싹 가시는 듯했다. 나는 이 술집에 몇 번 온 적이 있었고, 손님들도 모두 낯익은 얼굴이었다. 특히 은퇴한 목동인 앨버트 클로즈 영감은 밤마다 난롯가 의자에 죽치고 앉아 있었다. 언제 보아도 늘 그 자리였다.

그는 늘 두 손과 턱을 양치기로 일할 때 들고 다녔던 긴 지팡이 위에 올려놓고 멍한 눈으로 앉아 있었다. 그가 데리고 다니는 미키도 있었다. 주인과 마찬가지로 나이 들어 양치기개에서 은퇴한 미키는 몸의 절반은 의자 밑에, 나머지 절반은 탁자 밑에 쭉 뻗고 누워 있었다. 두 앞발이 경련하듯 공기를 휘젓고 입술과 귀가 실룩거리고 이따금 짖는 소리를 내는 것으로 보아 미키는 지금 한창 생생한 꿈을 꾸고 있는 게 분명했다.

테드 돕슨이 팔꿈치로 나를 살짝 찌르면서 웃었다.

"미키 녀석은 아직도 양 떼를 몰고 있는 모양이군요."

나는 고개를 끄덕였다. 미키는 지금 주인의 휘파람 소리에 따라 웅크리고 돌진하고 목초지 주위를 돌았던 행복한 시절을 꿈속에서 다시 살고 있는 게 분명했다. 앨버트 영감도 마찬가지였다. 저 퀭한 눈 뒤에는 무엇이 숨어 있을까? 나는 젊은 시절의 앨버트를 상상할 수 있었다. 바람 부는 언덕과 황무지, 바위산과 개울을 넘어 끝없이 먼 길을 성큼성큼 걸어 다니고, 한 걸음 내디딜 때마다 저 지팡으로 풀밭에 구멍을 냈을 것이다. 비가 오나 눈이 오나 어깨에 무거운 자루를 짊어지고 사시사철 야외에서 지내는 데일 지방의 목동들만큼 건강한 사람은 없었다.

그런데 이제 앨버트는 관절염에 걸린 쇠약한 노인이 되어, 낡은 트위드 모자의 너덜거리는 챙 밑에서 바깥세상을 멍하니 내다보고 있었다. 나는 그가 잔을 막 비운 것을 보고, 다가가서 말을 걸었다.

"영감님, 안녕하세요?"

그는 귀에 손을 대고 나를 쳐다보며 눈을 껌뻑거렸다.

"뭐라고?"

나는 목청을 높여 큰 소리로 외쳤다.

"영감님, 안녕하세요?"

"불평해서는 안 되지." 노인은 중얼거렸다. "아암, 불평할 수는 없어."

"한잔하시겠어요?"

"아아, 고맙네." 그는 떨리는 손가락으로 자기 잔을 가리켰다. "여기다 한 방울만 따라주면 돼."

나는 한 방울이 1파인트 한 잔을 의미한다는 것을 알고 술집 주인에게 손짓을 했다. 주인은 맥주 단지를 능숙하게 기울였다. 늙은 양치기는 다시 채워진 잔을 들고 나를 쳐다보았다.

"건배." 그가 신음하듯이 말했다.

"그럼, 즐겁게 드세요."

내가 막 내 자리로 돌아오려 할 때 늙은 개가 일어나 앉았다. 졸린 듯이 기지개를 켜고 두어 번 고개를 흔들고는 주위를 둘러보는 것으로 보아, 내가 제 주인한테 소리를 지르는 바람에 꿈에서 깨어난 모양이었다. 미키가 고개를 돌려 나를 본 순간 나는 깜짝 놀랐다.

미키의 눈은 끔찍했다. 아니, 정확히 말하면 그 눈은 고름이 덕지덕지 엉겨 붙은 속눈썹에 가려 거의 보이지도 않았다. 미키는 괴로운 듯 눈을 깜박거리며 눈앞에 장식술처럼 늘어진 젖은 속눈썹 사이로 나를 쳐다보았다. 코 양쪽으로 흘러내린 누런 고름이 하얀 털에 말라붙어 거무죽죽하고 지저분해 보였다.

내가 손을 내밀자 미키는 잠깐 꼬리를 흔들고는 눈을 감아버렸다. 눈을 감고 있는 게 더 편한 듯했다.

나는 앨버트 영감의 어깨에 손을 얹었다.

"영감님, 미키가 언제부터 저랬습니까?"

"뭐라고?"

나는 다시 목청을 높였다.

"미키의 눈 말입니다. 상태가 심각해요."

"아아." 노인은 알아들었다는 듯 고개를 끄덕였다. "눈감기에 걸렸어. 어렸을 때부터 걸핏하면 눈감기에 걸렸지."

"아니, 이건 감기가 아닙니다. 눈꺼풀 때문이에요."

"뭐라고?"

나는 숨을 한 번 깊이 들이마시고 목청껏 소리를 질렀다.

"눈꺼풀이 안쪽으로 구부러졌어요. 이건 심각한 문제예요."

노인은 다시 고개를 끄덕였다.

"아아, 미키는 머리를 문틈에 대고 잠잘 때가 많지. 거기는 외풍이 심해."

"아닙니다, 영감님! 그건 아무 관계도 없어요. 이건 '안검내 번'이라고 하는데, 고치려면 수술을 해야 합니다."

"맞아, 젊은이." 노인은 맥주를 한 모금 마셨다. "가벼운 감 기일 뿐이야. 어렸을 때부터 줄곧 감기에……."

나는 지쳐서 내 자리로 돌아왔다. 테드 돕슨이 묻는 듯한 눈 으로 나를 바라보았다.

"그게 뭡니까?"

"아주 고약한 거예요. 눈꺼풀이 안쪽으로 구부러져서 속눈 썹이 눈알을 스치는 것을 안검내번이라고 하는데, 몹시 고통 스럽고, 때로는 염증을 일으키거나 심하면 실명하는 경우도 있습니다. 그렇게 심하지 않더라도 개한테는 불편하기 짝이 없지요."

"알겠습니다." 테드는 생각에 잠긴 얼굴로 말했다. "오래전 부터 미키의 눈이 지저분한 것은 알고 있었지만, 요즘 갑자기 나빠졌어요."

"때로는 그렇게 되는 경우도 있지만, 대개는 선천성입니다. 미키는 태어났을 때부터 줄곧 그런 기미가 있었을 거예요. 그

런데 무엇 때문인지 최근에 갑자기 저렇게 끔찍한 상태로 발
전했겠지요."

나는 다시 늙은 개를 돌아보았다. 미키는 여전히 눈을 꽉 감
은 채 탁자 밑에 묵묵히 앉아 있었다.

"그럼 아프겠군요?"

나는 어깨를 으쓱했다.

"눈에 티끌 하나만 들어가도 그렇게 쓰리고 아픈데, 오죽하
겠습니까. 몹시 괴로울 겁니다."

"가엾어라. 그런 줄은 전혀 몰랐어요." 테드는 담배를 껐
다. "그런데 수술하면 고칠 수 있나요?"

"그럼요. 수의사가 할 수 있는 일 중에서도 가장 신나는 일
이지요. 수술이 끝나면 항상 개한테 자비를 베푼 기분이 들어
서 뿌듯하거든요."

"그렇겠군요. 마음이 흐뭇할 거예요. 하지만 수술비가 비싸
겠지요?"

나는 일그러진 미소를 지었다.

"그거야 생각하기 나름이죠. 까다롭고 시간이 많이 걸리는
수술이라서, 대개 1파운드쯤 받고 있습니다."

인간을 다루는 의사라면 어이가 없어서 웃어버릴 만큼 적은

돈이지만, 그래도 앨버트 영감한테는 엄청 큰 액수일 것이다.

우리는 잠시 입을 다물고 노인을 바라보았다. 낡아서 실밥이 드러난 외투, 다 떨어진 장화 위로 흘러내린 너덜너덜한 바지 자락. 1파운드는 노령연금 보름치에 해당하는 큰돈이다.

테드가 벌떡 일어났다.

"어쨌든 영감님한테 말해줘야 해요. 내가 설명하지요."

그는 노인에게 다가갔다.

"한잔 더 하실래요?"

늙은 양치기는 멍하니 테드를 쳐다보고는 빈 술잔을 가리켰다.

"아, 여기다 한 방울만 따라주면 돼."

소몰이꾼은 워터스 씨에게 손짓을 하고는 허리를 굽혀 노인의 귀에 대고 고함을 질렀다.

"헤리엇 선생이 뭐라고 했는지 알아들으셨어요?"

"아아…… 그래…… 미키는 눈감기에 걸렸어."

"아닙니다! 그런 게 아니에요! 그건 안검…… 안검…… 어쨌든 다른 병이에요."

"미키는 만날 눈감기에 걸려." 앨버트 영감은 술잔에 코를 박고 중얼거렸다.

테드는 분통을 터뜨렸다.

"이 멍청한 영감탱이야! 내 말 잘 들어! 미키를 잘 돌봐줘야 해. 그리고……."

하지만 노인은 여전히 멍한 눈으로 중얼거렸다.

"그래, 미키는 강아지 때부터…… 걸핏하면 눈감기에 걸렸지……."

*

그때는 미키 때문에 내 고생을 잊을 수 있었지만, 그 눈이 며칠 동안 뇌리에 달라붙어 떠나지 않았다. 그 눈을 고쳐주고 싶었다. 내가 한 시간만 수고하면 미키는 오랫동안 알지 못했던 새로운 세상으로 나갈 수 있을 것이다. 나는 당장 콥턴으로 달려가 미키를 차에 싣고 대러비로 데려와 수술대에 올려놓고 싶은 충동을 느꼈다. 하지만 그럴 수는 없었다. 돈 걱정을 하지는 않았지만, 그런 식으로 해서는 병원을 꾸려나갈 수 없었다.

농장에서는 절름발이가 된 개들, 길거리에서는 피골이 상접한 고양이들을 자주 보았다. 그런 녀석들을 모두 데려다가 내 수의학 지식을 베풀 수 있다면 멋졌을 것이다. 실제로 몇 번 시도해보기도 했지만 뜻대로 되지 않았다.

나를 고민에서 해방시켜준 것은 테드 돕슨이었다. 어느 날 저녁에 그가 누이를 만나러 시내에 온 길에 병원을 찾아왔다. 나는 병원 문간에서 그를 만났다. 자전거에 기대서 있는 그의 쾌활하고 깨끗한 얼굴이 환하게 빛났다. 어두컴컴한 길거리까지도 환하게 밝아지는 것 같았다.

그는 곧장 용건으로 들어갔다.

"미키한테 그 수술을 해주시겠습니까?"

"물론이죠. 하지만…… 수술비는 어떻게……?"

"그건 걱정 마세요. '여우와 사냥개' 단골들이 맡기로 했으니까요. 친목회 돈에서 빼낼 겁니다."

"친목회 돈이라고요?"

"여름에 놀러 가려고 매주 조금씩 돈을 모으고 있거든요."

"정말 친절하시군요. 하지만 그게 확실합니까? 싫어하는 회원도 있지 않을까요?"

테드는 소리 내어 웃었다.

"천만에요. 1파운드 정도는 없어도 괜찮아요. 어차피 술값으로 날아갈 돈이니까." 그는 잠깐 말을 끊었다가 덧붙였다.

"모두 원하고 있습니다. 그 이야기를 들은 뒤로는 미키를 볼 때마다 신경이 쓰여서요."

"어쨌든 잘됐군요. 그런데 미키를 어떻게 데려오실 겁니까?"

"내가 일하는 목장 주인이 승합차를 빌려주기로 했어요. 수요일 밤이면 어떨까요?"

"좋습니다."

나는 테드가 자전거를 타고 멀어져가는 것을 지켜보다가 돌아섰다. 요즘 사람들은 겨우 1파운드를 가지고 뭐 그렇게 야단법석을 떠나 싶겠지만, 당시에는 큰돈이었다. 내 수의사 봉급이 주급 4파운드였으니까, 그것과 비교해보면 어느 정도는 짐작이 갈 것이다.

*

드디어 수요일 밤이 되었다. 미키의 수술은 일종의 축제가 되어 있었다. 작은 승합차에는 '여우와 사냥개'의 단골들이 가득 차 있었고, 자전거를 타고 달려온 사람도 있었다.

늙은 미키는 겁먹은 듯 슬금슬금 복도를 지나 수술실로 걸어왔다. 익숙지 않은 에테르 냄새와 소독약 냄새에 연신 콧구멍을 실룩거렸다. 농장 일꾼들의 대부대가 와자지껄 떠들면서 그 뒤를 따라왔다. 무거운 장화로 타일 바닥을 쿵쾅거리며 수술실로 행진했다.

마취를 맡은 트리스탄이 개를 수술대 위로 들어 올렸다. 나는 주위를 둘러보았다. 수많은 얼굴이 늘어서서 기대에 찬 눈으로 나를 바라보는 익숙지 않은 광경이 펼쳐져 있었다. 나는 일반인이 수술에 입회하는 것을 좋아하지 않지만, 이 사람들은 수술비를 대주는 후원자니까 쫓아낼 수도 없었다.

나는 불빛 아래서 처음으로 미키를 자세히 보았다. 그 끔찍한 눈만 빼고는 잘생긴 개였다. 미키는 수술대 위에 앉아서 눈을 가늘게 뜨고 그 틈새로 잠깐 나를 엿보다가, 밝은 불빛에 눈이 부신 듯 다시 눈을 감아버렸다. 이 개는 평생을 그런 식으로 보냈을 것이다. 눈을 가늘게 뜨고 주위를 잠깐씩 조심스럽게 살피면서, 지금까지 그렇게 살아왔을 것이다. 미키에게 마취제를 주사하는 것은 잠시나마 그 고통에서 해방시켜주는 은혜를 베푸는 거나 마찬가지였다.

미키가 의식을 잃고 옆으로 길게 드러눕자 나는 처음으로 미키의 눈을 검사할 수 있었다. 고름이 엉겨 붙은 속눈썹에 움찔하면서 눈꺼풀을 벌려보니 눈물과 고름이 눈에 가득 차 있었다. 미키는 오래전부터 각막염과 결막염을 앓고 있었지만, 각막에 궤양이 생기지 않은 것을 보고 나는 그나마 안도의 한숨을 내쉬었다.

"상태가 엉망이긴 하지만, 다행히 영구적인 손상은 없는 것 같습니다."

농장 일꾼들은 환호성을 지르지는 않았지만 무척 기뻐했다. 모두 웃고 떠들자 축제 분위기가 더욱 고조되었다. 나는 메스를 집어 들면서 이렇게 시끄러운 곳에서 수술하는 것은 난생처음이라는 생각이 들었다.

하지만 메스를 눈에 댔을 때는 기뻐서 가슴이 뛰었다. 이 순간을 얼마나 간절히 기다렸던가. 나는 왼쪽 눈부터 시작했다. 눈꺼풀 가장자리와 나란히 눈꺼풀을 길게 절개한 다음, 칼을 반원형으로 움직여 눈 위의 조직을 1센티미터쯤 절개했다. 다음에는 겸자로 피부를 집어서 잘라내고, 피가 흐르는 상처 가장자리를 맞붙여 꿰매면서 속눈썹이 위쪽으로 팽팽히 잡아당겨진 것을 만족스럽게 확인했다. 그토록 오랫동안 속눈썹에 찔려 고통을 받았던 각막 표면은 이제 속눈썹과 멀리 떨어져 있었다.

아래쪽 눈꺼풀에서는 피부를 조금만 잘라냈다. 거기서는 피부를 많이 잘라낼 필요가 없었다. 다음에는 오른쪽 눈을 수술할 차례였다. 나는 즐겁게 칼을 놀리다가, 문득 소란이 가라앉은 것을 알아차렸다. 소곤대는 소리는 들렸지만 농담과 웃음소리는 사라졌다. 얼핏 고개를 들자 로렐그로브에서 온 켄 애플턴이 눈에 들어왔다. 그가 맨 먼저 내 눈길을 끈 것은 당연했다. 그는 키가 190센티미터를 넘는 데다 자기가 돌보는 샤이어종 말처럼 늠름한 체구를 갖고 있었기 때문이다.

"여긴 되게 덥군." 켄이 중얼거렸다.

나는 그 말이 사실이라는 것을 알 수 있었다. 그의 얼굴에서 땀이 줄줄 흘러내리고 있었기 때문이다.

내가 일에 열중해 있지 않았다면, 켄이 땀만 흘리는 것이 아니라 얼굴도 백지장처럼 창백해졌다는 걸 알아차렸을 것이다. 내가 눈꺼풀에서 피부를 잘라내고 있을 때 트리스탄의 고함 소리가 들려왔다.

"저 사람 붙잡아요!"

주위에 있던 친구들이 거구의 켄 애플턴을 얼른 떠받쳤다. 그는 마룻바닥으로 조용히 미끄러져, 내가 봉합을 끝낼 때까지 평화롭게 자고 있었다. 트리스탄과 내가 기구를 소독해 치우고 있을 때에야 그는 깨어나서 주위를 두리번거리기 시작했다. 친구들이 그를 부축해 일으켜 세웠다. 이제는 절개가 끝났기 때문에 일행은 활기를 되찾았다. 켄은 놀림감이 되었지만, 얼굴이 핼쑥해진 사람은 켄만이 아니었다.

"이봐요 켄, 당신한테는 위스키가 필요하겠는데요." 트리스탄이 말했다.

그러고는 방에서 나갔다가 위스키 병을 들고 돌아와, 손님을 따뜻하게 접대하는 그 특유의 정신으로 모든 사람에게 술을 나누어주었다. 비커와 계량컵과 시험관까지 술잔으로 동원되었고, 잠들어 있는 미키 주위에서 떠들썩한 술판이 벌어졌다. 마침내 그들이 승합차를 타고 어둠 속으로 사라졌을 때, 마지막으로 내 귀에 들려온 것은 만원이 된 승합차 안에서 들려오는 노랫소리였다.

그들은 열흘 뒤에 실밥을 뽑으러 미키를 데려왔다. 상처는 깨끗이 아물었지만, 각막염은 아직 다 낫지 않아서 늙은 개는 아직도 아픈 듯이 눈을 깜박거리고 있었다. 내가 수술의 최종 결과를 안 것은 그로부터 한 달 뒤였다.

나는 저녁 왕진을 나갔다가 콥턴 마을을 지나 집으로 돌아오고 있었다. '여우와 사냥개'의 불 켜진 문간을 보자, 날마다 밀려드는 일거리에 파묻혀 거의 잊고 있었던 그 수술이 생각났다. 나는 술집에 들어가 낯익은 얼굴들 사이에 자리를 잡았다.

모든 것이 기분 나쁠 만큼 전과 똑같았다. 앨버트 영감은 여전히 그 자리에 앉아 있었고, 미키는 탁자 밑에 길게 엎드려 자고 있었다. 발이 꿈틀거리는 것은 미키가 또 꿈을 꾸고 있다는 증거였다. 나는 미키를 유심히 바라보다가 더 이상 참을 수가 없어서 자석에라도 끌린 것처럼 녀석에게 다가갔다.

"미키! 일어나, 미키!" 나는 미키 옆에 쭈그리고 앉아 녀석을 깨웠다.

실룩거리던 다리가 움직임을 멈추었다. 그리고 털로 뒤덮인 머리가 천천히 내 쪽으로 방향을 돌렸다. 나는 숨을 죽였다. 아주 긴 시간이 지난 것 같았다. 이윽고 나는 어린 강아지의 눈처럼 반짝반짝 빛나는 맑고 커다란 두 눈을 들여다보고 있었다. 믿을 수가 없었다. 행복감이 밀려왔다.

미키가 나를 마주 보며 입을 크게 벌리고 활짝 웃었다. 꼬리가 돌바닥을 쓸었다. 따끈한 포도주가 내 혈관 속을 흐르는 듯한 기분이었다. 염증은 없었다. 눈곱도 없었다. 바싹 마른 깨끗한 속눈썹은 부드러운 곡선을 그리며 위로 올라가, 각막 표면에는 전혀 닿지 않았다. 나는 개의 머리를 쓰다듬었다. 미키가 열심히 주위를 둘러보기 시작했다. 늙은 개가 고통에서 해방되어 눈앞에 열린 새로운 세계를 맛보는 것을 보고 나는 짜릿한 기쁨을 느꼈다. 내가 일어서자 테드 돕슨을 비롯한 단골 손님들은 재미있는 음모라도 꾸미는 것처럼 싱글싱글 웃고 있었다.

"영감님." 나는 앨버트 영감에게 소리를 질렀다. "한잔하시겠어요?"

"아, 이 잔에 한 방울만 따라주면 돼, 젊은이."

"미키의 눈이 많이 좋아졌네요."

노인은 술잔을 들어 올렸다.

"건배. 아아, 그때는 감기에 걸렸을 뿐이야."

"하지만 영감님……!"

"눈감기는 고약해. 이 녀석은 계속 문간에서 자니까 또 눈감기에 걸릴 거야. 강아지 때부터 걸핏하면……."

7

블로섬, 집으로 돌아오다

3월과 4월에 양들이 새끼를 낳고 나면 5월부터 6월 초까지 나의 세계는 점점 더 부드럽고 따뜻해졌다. 찬바람은 그치고, 바다처럼 신선한 공기는 목초지를 점점이 수놓은 수많은 야생화의 은은한 향기를 실어왔다. 스켈데일 하우스에는 옅은 자주색 등꽃이 만발하여 열린 창문으로 밀고 들어왔다. 나는 아침마다 면도를 하면서 거울 옆에 늘어진 기다란 꽃송이에서 물씬 풍겨오는 향기를 들이마시곤 했다. 삶은 목가적이었다.

때로는 내가 돈을 받고 일하는 것이 부당하다는 생각이 들 정도였다. 들판이 어슴푸레한 새벽 햇살을 받아 반짝이고 조각구름 같은 안개가 아직도 높은 산마루에 걸려 있는 이른 아침에 차를 몰고 나가는 대가로 보수를 받다니.

데러비 변두리에 있는 데이킨 씨네 농장에 도착한 것은 그런 아침이었다. 그의 유순한 눈매와 길쭉한 얼굴, 늘어진 콧수염이 외양간에 쭈그려 앉은 나를 내려다보고 있었다.

"이 블로섬 아줌마도 이젠 끝장인가 보군."

그는 이렇게 말하면서 늙은 암소 등에 한 손을 올려놓았다. 노동으로 굵어진 커다란 손이었다. 데이킨 씨의 골격에는 살이 별로 붙어 있지 않지만, 그의 손가락을 보면 그가 힘든 노동으로 평생 살아왔음을 한눈에 알 수 있었다.

나는 바늘을 닦아서 봉합용구와 메스가 들어 있는 상자에 던져 넣었다.

"그건 아저씨한테 달렸어요. 하지만 젖꼭지를 꿰매주는 것도 이번이 세 번째고, 같은 일이 앞으로도 계속될 겁니다."

데이킨 씨는 허리를 굽혀, 봉합사로 꿰맨 10센티미터 길이의 상처를 들여다보았다.

"이렇게 심하게 다칠 줄은 몰랐소. 기껏해야 다른 놈한테 밟힌 것뿐인데."

"소 발굽은 날카롭거든요. 칼로 내리친 거나 마찬가지예요."

늙은 암소의 경우 가장 곤란한 게 이것이었다. 젖통이 축 늘어지고 젖꼭지도 길게 늘어지기 때문에, 소가 우리 안에서 모로 누우면 젖통이 옆 우리로 밀려 나간다. 그러면 그 젖통을 오른쪽 우리에 있는 메이벨이나 왼쪽 우리에 있는 버터컵이 밟게 되는 것이다.

나무 울타리와 자갈 바닥에 낮은 지붕을 씌운 그 외양간에는 소가 여섯 마리 있었는데, 저마다 이름을 갖고 있었다. 데이킨 씨는 젖소 여섯 마리와 송아지 몇 마리, 돼지와 닭을 치면서 생계를 간신히 유지하고 있었지만, 그처럼 소에게 일일이 이름을 붙여주는 농부가 요즘에는 정말로 드물어졌다.

"따지고 보면 이 녀석은 나한테 한 푼도 빚진 게 없어요. 이 녀석이 태어난 게 벌써 12년 전이지만, 그날 밤을 아직도 생생히 기억하고 있지요. 갓 태어난 녀석을 빈 자루로 싸서는…… 그래, 바로 이 우리요, 여기서 데리고 나왔지. 눈이 펑펑 내리는 밤이었소. 그 후 이 녀석이 우유를 얼마나 생산했는지 몰라. 지금도 하루에 18리터요. 블로섬은 나한테 땡전 한 푼 빚진 게 없다니까."

블로섬은 자기가 화제에 올라 있는 것을 아는 듯 목을 돌려 주인을 바라보았다. 늙은 암소의 본보기 같은 체형이었다. 주인과 마찬가지로 살이 거의 없고, 골반이 툭 튀어나오고, 발도 뿔도 너무 커졌고, 구부러진 뿔은 뿌리부터 끝까지 고리 모양의 선으로 덮여 있었다. 한때는 탱탱했던 젖통도 이제는 바닥에 닿을 만큼 축 늘어져 있었다.

온순하고 참을성 강한 성격도 주인과 비슷했다. 나는 봉합하기 전에 젖통을 국부 마취했지만, 그러지 않아도 블로섬은 꾹 참고 움직이지 않았을 터였다. 젖꼭지를 봉합하는 경우 수의사는 뒷다리 바로 앞에 머리를 들이미니까 소한테 걷어차이기 십상이지만, 블로섬의 경우에는 그런 위험이 전혀 없었다. 평생 사람을 걷어찬 적이 한 번도 없는 짐승이었다.

"어쩔 도리가 없군. 팔아 치울 수밖에. 잭 닷슨을 불러서 목요일 우시장에 내놓으라고 해야겠소. 고기가 좀 질기긴 하겠지만 떡갈비 몇 개는 만들 수 있겠지."

농담조로 말하긴 했지만, 늙은 암소를 바라보는 그의 눈은 조금도 웃고 있지 않았다. 웃을 수가 없었을 것이다. 그의 뒤에는 열린 문 너머로 푸른 언덕과 강물이 보이고, 수심이 얕고 폭이 넓은 강에서는 무수한 잔물결이 봄의 햇살을 받아 반짝이고 있었다. 강가의 돌멩이들은 햇빛에 퇴색하여 희뿌옇게 빛나고, 골짜기를 뒤덮은 목초가 강과 만나는 곳에서는 그 초록색과 흰색의 대조가 더욱 두드러졌다.

이 소작지야말로 가장 살기 좋은 곳이라고 나는 자주 생각했다. 대러비 시내에서 2킬로미터 정도 떨어져 있을 뿐인데도 외딴 시골처럼 한적하고, 강물과 초원의 아름다운 경치는 보기만 해도 가슴이 뛰었다. 언젠가 데이킨 씨한테 이런 이야기를 했더니, 그는 쓴웃음을 지었다.

"경치가 아름다우면 뭐해요. 배를 채워주는 것도 아닌데……."

*

다음 목요일, 내가 때마침 어느 암소의 자궁 속을 '청소'하기 위해 데이킨 씨네 외양간에 있을 때 가축상인 잭 닷슨이 블로섬을 데리러 왔다. 그는 다른 농장을 돌면서 살찐 암소와 거세한 수소들을 모아온 참이었다. 그 소 떼는 길에서 조수와 함께 기다리고 있었다.

닷슨은 외양간으로 들어오자마자 큰 소리로 말했다.

"내가 데려갈 놈이 어느 녀석인지 한눈에 알겠군요. 저기 있는 저 늙다리지요?"

그는 블로섬을 가리키며 말했다. 건장하고 잘생긴 소들 틈에 섞여 있는 블로섬은 그야말로 뼈가 앙상한 늙다리였다.

데이킨 씨는 아무 대꾸도 않고 암소들 사이로 걸어가 블로섬의 머리를 쓰다듬었다.

"그래, 이놈이야." 그는 잠시 망설이다가 소의 목에 감겨 있는 굴레를 풀었다. "자, 가자."

그가 작은 소리로 말하자 늙은 암소는 우리를 한 바퀴 돌아서 천천히 밖으로 나왔다.

"빨리 가지 못해!"

가축상은 소리를 지르며 블로섬의 엉덩이를 손에 들고 있는 막대기로 쿡쿡 찔렀다.

"거칠게 굴지 마!" 데이킨 씨가 큰 소리로 외쳤다.

그러자 닷슨은 깜짝 놀라 데이킨 씨의 얼굴을 돌아보았다.

"거칠게 굴다니요. 전 그저 이 녀석을 걷게 한 것뿐이라고요."

"알아. 하지만 그 녀석한테는 막대기가 필요 없어. 자네가 시키는 대로 어디든 따라갈 테니까."

그 말대로 블로섬은 천천히 문을 빠져나와, 데이킨 씨가 몸짓으로 방향을 알려주자 그쪽으로 나 있는 오솔길을 걷기 시작했다.

늙은 농부와 나는 나란히 서서 늙은 암소가 서두르는 기색도 없이 언덕을 올라가고, 카키색 재킷을 걸친 잭 닷슨이 그 뒤를 어슬렁어슬렁 따라가는 모습을 지켜보았다. 길은 이윽고 드문드문 서 있는 나무들 저편으로 구부러져 사람도 짐승도 보이지 않게 되었지만, 그래도 데이킨 씨는 그쪽을 물끄러미 바라본 채 땅바닥을 울리는 발굽 소리에 귀를 기울이고 있었다.

그 소리도 이윽고 들리지 않게 되자 데이킨 씨는 내 쪽으로 홱 고개를 돌렸다.

"헤리엇 선생, 어서 일을 끝내버립시다. 뜨거운 물을 가져오겠소."

내가 비누로 씻은 팔을 암소의 자궁 안으로 밀어 넣는 동안 그는 잠자코 있었다. 소의 태반을 꺼내는 것도 싫은 일이지만, 누군가가 곁에서 지켜보는 것은 더 싫었다. 나는 암소의 자궁 속을 휘저을 때는 언제나 주인과 잡담을 나누곤 했다. 하지만 이번에는 그러기도 어려웠다. 날씨나 크리켓 경기나 우윳값에 대해 말을 걸어도 데이킨 씨는 대꾸조차 제대로 하지 않았다.

그는 암소 엉덩이에 기대어 꼬리를 잡은 채 멍하니 파이프를 피우고 있었다. 농부들은 흔히 암소 청소 작업이 시작되면 무심히 파이프를 피우곤 한다. 이 청소 작업은 꽤 어려운 일이라서 때로는 시간이 많이 걸린다. 태반이 한 번에 깨끗이 나올 때도 있지만, 이번에는 그것을 하나씩 태반엽에서 떼어내야 했고, 그때마다 욱신거리는 팔을 뜨거운 물과 비누로 소독하기도 번거로웠다.

마침내 그 일도 끝났다. 나는 좌약을 자궁 속에 두어 개 밀어 넣은 다음 앞치마와 셔츠를 벗었다. 대화는 거의 끊겼고, 외양간 문을 열었을 때는 침묵을 견디기 어려울 정도였다.

데이킨 씨는 손잡이를 잡고 문을 열려다가 갑자기 귀를 세웠다. 그러고는 작은 소리로 중얼거렸다.

"저게 뭐지?"

언덕 쪽에서 달각거리는 발굽 소리가 들려왔다. 이 농장으로 들어오는 길은 두 개인데, 발굽 소리는 넓은 길보다 1킬로미터쯤 위에서 간선도로와 만나는 좁은 오솔길 쪽에서 들려오고 있었다. 우리가 그 소리를 듣고 있을 때 암소 한 마리가 불쑥 튀어나온 바위를 돌아서 이쪽으로 달려왔다.

블로섬이었다. 녀석은 커다란 젖통을 흔들면서, 우리 뒤쪽에 있는 외양간 문을 향해 빠른 걸음으로 다가왔다.

"아니, 이게 어떻게 된 거지?"

데이킨 씨가 소리를 질렀지만 늙은 암소는 우리 옆을 지나 녀석이 오랫동안 살아온 외양간 안으로 거침없이 들어가버렸다. 그러고는 텅 빈 여물통에 코를 들이박고 킁킁거리다가 고개를 돌려 주인을 가만히 바라보았다.

데이킨 씨도 암소를 가만히 바라보았다. 세월의 풍상에 시달린 얼굴에는 아무 표정도 떠오르지 않았지만, 그의 파이프에서는 연기가 빠른 속도로 피어올랐다.

그때 느닷없이 밖에서 절벅거리는 장화 소리가 나더니 잭 댓슨이 숨을 헐떡이며 문으로 들어왔다.

"여기 와 있었군. 빌어먹을 녀석! 잃어버린 줄 알았잖아." 그러고는 농부를 돌아보았다. "정말 죄송합니다, 데이킨 씨. 저쪽 큰길 입구에서 돌아와버린 모양이에요. 눈 깜짝할 사이에 사라져버렸지 뭡니까."

농부는 어깨를 으쓱했다.

"괜찮네. 자네 탓이 아니야. 말하지 않은 내가 잘못이지."

"곧 처리하겠습니다." 가축상이 웃으면서 말하고는 블로섬 쪽으로 다가갔다. "어이, 착하지. 거기서 나와."

그때 데이킨 씨가 그를 팔로 가로막았다.

그러고는 말없이 지켜보고 있는 나와 닷슨 앞에서 한참 동안 암소를 뚫어지게 바라보았다. 낡은 가로대에 몸을 기대고 서 있는 암소에게는 왠지 비장한 위엄이 있었다. 그 순한 눈망울은 무욕과 인고의 빛을 띠고 있었다. 젖혀진 긴 발굽, 앙상하게 드러난 갈비뼈, 자갈 바닥에 닿을 듯이 축 늘어진 젖통. 하지만 녀석의 위엄은 그 볼품없는 모습을 보완하고도 남았다.

데이킨 씨는 한 마디도 하지 않은 채 천천히 다른 소들 사이를 지나 블로섬에게 다가가서는 목에 굴레를 씌웠다. 그러고는 외양간 끝까지 가서 갈퀴로 건초를 한 무더기 가져다가 블로섬의 빈 여물통에 던져 넣었다.

이거야말로 블로섬이 기다리고 있던 것이었다. 블로섬은 가로대 사이로 목을 내밀어 건초를 입에 물고 만족스럽게 씹기 시작했다.

"도대체 뭐 하는 겁니까?" 가축상은 어이가 없다는 듯 소리를 질렀다. "사람들이 장에서 기다리고 있는데."

농부는 외양간 문짝에 파이프를 톡톡 두드려 재를 떨어내고는, 찌그러진 양철통에서 싸구려 담배를 꺼내 파이프에 채웠다.

"헛걸음 시켜서 미안하네만, 블로섬은 그냥 여기 두고 가게."

"두고 가라고요?"

"나를 미련한 늙은이로 생각하겠지만, 그렇게 결정했네. 집에 돌아온 이상, 여기 놔두겠네."

그는 단호한 표정으로 가축상을 쳐다보았다.

닷슨은 몇 번 고개를 끄덕이고는 발을 끌면서 외양간을 나갔다. 데이킨 씨는 그 뒤를 따라가서 말을 걸었다.

"시간 낭비한 건 변상할 테니까, 내 앞으로 달아두게."

데이킨 씨는 외양간으로 돌아와 성냥불을 파이프에 대고 연기를 깊이 빨아들였다.

"헤리엇 선생." 피어오른 담배 연기가 그의 눈 주위에서 맴돌았다. "혹시 이런 생각 해본 적 없소? 일이란 될 대로 되는 게 결국 가장 좋은 해결책이라고 말이오."

"있고말고요. 아니, 자주 있지요."

"그래요. 아까 블로섬이 언덕에서 내려왔을 때 나는 그렇게 생각했소." 그는 손을 뻗어 블로섬의 엉덩이 근처를 긁어주었다. "나는 이 녀석을 언제나 좋아했지. 이렇게 돌아와 주다니, 얼마나 기쁜지 모르겠소."

"하지만 저 젖꼭지는 어떡하죠? 물론 봉합수술은 몇 번이고 해드리겠지만, 그래도……."

"아니, 좋은 생각이 있어요. 아까 저 녀석을 청소하고 있을 때 생각이 났는데, 이미 늦은 줄 알았지 뭐요."

"어떤 생각인데요?"

노인은 파이프 담배를 엄지손가락으로 눌렀다.

"젖을 짜는 대신에 송아지 두세 마리를 블로섬한테 붙여주는 거요. 저쪽 마구간이 비어 있으니까, 거기에 넣어두면 아무도 블로섬의 젖꼭지를 밟지 않을 거요."

나는 소리 내어 웃었다.

"맞습니다. 마구간이라면 안전할뿐더러, 송아지 세 마리쯤은 거뜬히 키울 수 있을 겁니다. 제 밥값은 할 수 있지요."

"천만에. 아까도 말했잖소. 그건 중요하지 않다고. 이 녀석은 땡전 한 푼 나한테 빚진 게 없어요." 부드러운 미소가 주름진 얼굴에 번져갔다. "중요한 건 이 녀석이 집으로 돌아왔다는 거요."

8

머틀은 이무 이상도 없다

"우우우…… 으흐흐흑!"

가슴이 찢어질 듯 비통하게 흐느끼는 소리에 잠이 싹 달아나버렸다. 새벽 1시였다. 한밤중에 침대 옆 전화가 울리는 건 예사였다. 수화기를 들면서 나는 농부의 걸걸한 목소리를 예상했다. 암소가 새끼를 낳고 있으니 빨리 와달라는 거겠지. 그런데 뜻밖에도 절망에 빠진 울음소리가 들려온 것이다.

"누구시죠?" 나는 숨을 죽이고 물었다. "무슨 일입니까?"

저쪽에서 침을 꿀꺽 삼키는 소리가 나더니 웬 남자가 흐느끼면서 애원하는 소리가 들려왔다.

"험프리 코브인데, 제발 좀 빨리 와서 머틀을 봐주시오. 죽어가고 있나 봐요."

"머틀요?"

"예, 우리 강아지요. 우우후우! 끔찍한 상태예요. 우흐흐흑!"

손에 움켜쥔 수화기가 바르르 떨렸다.

"지금 어떻게 하고 있습니까?"

"헐떡이고 있는데, 가망이 없을 것 같소. 빨리 좀 와주세요!"

"댁이 어디죠?"

"힐 가 끝에 있는 시더 하우스요."

"거기라면 알고 있습니다. 곧 가겠습니다."

"고맙소. 정말 고마워요. 머틀은 오래 버티지 못할 거요. 빨리 좀 와주세요!"

나는 침대에서 뛰어내려 옷을 걸쳐둔 의자 쪽으로 달려갔다. 어둠 속에서 서두르는 바람에 작업복 바지의 한쪽 가랑이에 발을 둘 다 집어넣고 말았다. 나는 마룻바닥에 쫘당 넘어졌다.

헬렌은 야간 호출에 익숙해져서 반쯤만 잠을 깰 때가 많았다. 나는 언제나 헬렌을 깨우지 않으려고 불도 켜지 않고 옷을 입었다. 어린 아들 지미를 위해 층계참에 밤새 상야등을 켜두고 있기 때문에 그 희미한 불빛이 늘 침실로 흘러들고 있었다.

하지만 이번에는 그 체계가 허물어졌다. 내가 쫘당 하고 넘어지는 소리에 헬렌이 놀라서 벌떡 일어나 앉았다.

"여보, 왜 그래요? 무슨 일이죠?"

나는 간신히 몸을 일으켰다.

"괜찮아, 여보. 발이 걸려서 넘어졌을 뿐이야."

나는 의자 등받이에서 셔츠를 낚아챘다.

"그런데 왜 그렇게 서둘러요?"

"아주 급한 환자야. 빨리 가봐야 돼."

"그건 좋지만, 그렇게 허둥댄다고 더 빨리 갈 수는 없어요. 진정해요."

물론 아내 말이 옳았다. 나는 긴급 상황에서도 느긋할 수 있는 수의사들이 늘 부러웠다. 하지만 나는 그런 기질을 타고나지 못했다.

나는 계단을 뛰어 내려가 길쭉한 뒷마당 끝에 있는 차고로 달려갔다. 시더 하우스까지는 10분도 안 걸리는 거리여서 환자를 생각할 시간이 별로 없었지만, 그런 급성 호흡곤란은 심부전이나 갑작스러운 알레르기가 원인일 거라고 판단했다.

초인종을 울리자마자 현관 밖의 불이 켜지고 어느새 험프리 코브 씨가 내 앞에 서 있었다. 그는 땅딸막한 60대 노인이었고, 번들거리는 대머리가 알처럼 둥글둥글한 외모를 더욱 강조해주고 있었다.

"아, 헤리엇 선생, 어서 들어와요." 그는 눈물을 줄줄 흘리면서 비탄에 잠긴 목소리로 외쳤다. "자고 있었을 텐데 이렇게 와줘서 정말 고맙소."

그의 입김을 타고 위스키 냄새가 돌풍처럼 밀려와 머리가 빙빙 돌았다. 앞장서서 현관 홀을 가로지르는 그의 다리가 휘청거렸다.

환자는 설비가 잘 갖추어진 널찍한 부엌의 화덕 옆에 놓인 바구니에 누워 있었다. 머틀이 내 반려견인 샘과 같은 비글종인 것을 확인했을 때 후끈한 열기가 밀려왔다. 나는 무릎을 꿇고 머틀을 자세히 살펴보았다. 머틀은 입을 벌리고 혀를 축 늘어뜨리고 있었지만, 심한 고통을 겪고 있는 것 같지는 않았다. 머리를 토닥여주자 꼬리로 담요를 탁탁 때렸다.

애끓는 울음소리가 들려왔다.

"어때요? 심장병인가요? 오오, 머틀! 불쌍한 녀석!"

코브 씨는 애견 옆에 웅크리고 앉아 펑펑 울고 있었다. 눈물이 걷잡을 수 없이 흘러내렸다.

"아저씨, 머틀은 별로 아픈 것 같지 않으니까 너무 걱정하지 마세요. 저한테 진찰할 기회를 주십시오."

청진기를 머틀의 가슴에 대보니 놀랄 만큼 건강한 고동 소리가 들렸다. 체온도 정상이었다. 내가 배를 촉진하고 있을 때 코브 씨가 다시 끼어들었다.

"문제는 내가 이 녀석을 방치해두고 있다는 거요." 그는 헐떡거리며 말했다.

"그게 무슨 뜻입니까?"

"나는 경마장에 가서 도박을 하고 술을 마시느라 온종일 캐터릭에 가 있었어요. 이 녀석은 까맣게 잊어버리고……."

"그럼 온종일 머틀을 집에 혼자 내버려 두셨군요?"

"그건 아니오. 마누라가 함께 있었지."

"그렇다면 부인께서 머틀을 먹이고 정원에 내보냈을 거 아닙니까."

"그렇긴 하지만 머틀을 놔두고 간 게 잘못이오. 머틀은 나를 그렇게 끔찍이 생각하는데."

그가 말하는 동안 나는 얼굴 한쪽이 열기로 따끔거리는 것을 느낄 수 있었다. 그것을 깨달은 순간 문제가 해결되었다.

"머틀을 화덕에 너무 가까이 놔두셨네요. 머틀은 너무 더워서 헐떡거리는 겁니다."

코브 씨는 미심쩍은 눈으로 나를 바라보았다.

"바구니는 오늘 이리로 옮겼는데? 바닥에 타일을 새로 까느라······."

"그겁니다. 원래 위치로 바구니를 옮기면 머틀은 괜찮아질 겁니다."

"하지만······" 그의 입술이 다시 바들바들 떨리기 시작했다. "단순히 더워서가 아니요. 머틀은 괴로워하고 있다니까. 눈을 봐요."

머틀은 비글 특유의 사랑스러운 눈을 갖고 있었다. 눈물이 글썽한 것처럼 촉촉하고 큰 눈이었다. 머틀은 그 가련해 보이는 눈을 이용하는 법을 알고 있었다. 얼굴에 감정이 깃들어 있는 듯이 보이기로는 스패니얼이 으뜸이라고 생각하는 사람이 많지만, 나는 스패니얼도 비글을 따라갈 수는 없다고 생각한다. 게다가 머틀은 그 방면의 전문가였다.

"저 같으면 그건 걱정하지 않겠습니다. 제 말을 믿으세요. 머틀은 괜찮을 겁니다."

그는 여전히 불행해 보였다.

"그럼 아무것도 안 해주실 건가요?"

이것은 수의사에게 중요한 문제였다. '무언가를 해주지' 않으면 사람들은 만족하지 않는다. 이 경우에는 머틀보다 오히려 주인인 코브 씨의 상태가 훨씬 나빴다. 치료가 필요한 것은 코브 씨였다. 단지 코브 씨를 만족시키기 위해 머틀한테 주사 바늘을 꽂고 싶지는 않았다. 그래서 나는 가방에서 비타민 알약 하나를 꺼내 작은 개의 혀 밑에 밀어 넣었다.

"됐습니다. 이 약을 먹으면 도움이 될 겁니다."

어쨌든 내가 사기꾼 돌팔이는 아니야. 비타민을 먹어도 해롭지는 않을 테니까.

코브 씨는 눈에 띄게 느긋해졌다.

"고맙소. 이제야 마음이 놓이는군요."

그는 호화롭게 꾸민 객실로 나를 안내하더니, 비틀걸음으로 유리 진열장을 향해 걸어갔다.

"가기 전에 한잔하셔야지?"

"아니, 됐습니다. 정말입니다. 괜찮으시다면 사양하겠습니다."

"나는 한잔해야겠소. 신경을 달래기 위해서. 적잖이 당황했거든."

그는 술잔에 위스키를 듬뿍 따르고는 의자를 가리키며 앉으라는 손짓을 했다.

침대가 부르고 있었지만 나는 의자에 앉아서 위스키를 마시는 코브 씨를 관찰했다. 그는 은퇴한 마권업자인데, 한 달 전에 웨스트라이딩에서 대러비로 이사를 왔다고 말했다. 이제 경마와 직접적인 관계는 없지만 아직도 경마를 사랑해서 영국 북부에서 열리는 경마는 빼놓지 않고 본다는 것이다.

"나는 항상 택시를 타고 가서 온종일 즐겁게 지내지요."

그 행복한 시간을 회상하자 그의 얼굴이 환하게 빛났다. 그러다가 그 투실투실한 볼이 잠시 실룩거리더니 비통한 표정이 되돌아왔다.

"하지만 나는 개를 방치하고 있어요. 머틀을 집에 내버려두고 가니까요."

"그렇지 않습니다. 아저씨가 머틀과 함께 목초지에 나가 있는 것을 본 적이 있거든요. 머틀한테 운동을 충분히 시키고 계시지요?"

"산책은 날마다 많이 시키는 편이오."

"그렇다면 머틀은 행복하게 살고 있는 겁니다. 방치했다고 생각하시는 건 잘못이에요."

그는 환한 미소를 지으며 위스키를 술잔에 가득 따랐다.

"친절한 젊은이로군. 자, 가기 전에 딱 한 잔만 하구려."

"좋습니다. 그럼 조금만."

술을 마시는 동안 코브 씨는 점점 더 다정해져서, 나중에는 열렬한 호감이 담긴 눈으로 나를 바라보게 되었다.

"제임스 헤리엇." 그가 혀 꼬부라진 소리로 말했다. "제임스라면 애칭이 짐이겠군?"

"예."

"그럼 짐이라고 부르겠네. 괜찮겠지?"

"좋습니다, 아저씨." 나는 그렇게 말하고 술잔을 비웠다. "이젠 정말로 가봐야겠어요."

거리로 나오자 그는 내 팔을 잡고 다시 진지한 얼굴로 말했다.

"고맙네, 짐. 머틀은 오늘 밤 몹시 아팠어. 정말 고마우이."

차를 몰고 떠나면서 나는 머틀이 아무 이상도 없다는 것을 결국 코브 씨한테 납득시키지 못했구나 하고 생각했다. 그는 내가 머틀의 목숨을 구해주었다고 굳게 믿고 있었다. 이례적인 왕진이었고, 새벽 2시에 마신 위스키로 위장이 화끈거렸다. 나는 험프리 코브가 참 별난 사람이라고 생각했지만 그래도 그가 마음에 들었다.

*

그날 밤 이후 나는 코브 씨가 목초지에서 머틀을 운동시키는 모습을 자주 보았다. 그는 공처럼 둥근 몸뚱이로 풀밭을 통통 튀어가는 것처럼 보였지만, 나를 볼 때마다 머틀을 죽음의 문턱에서 구해주었다고 연신 고마워하는 것만 빼고는 늘 침착하고 이성적인 태도를 잃지 않았다.

그러다가 갑자기 출발점으로 되돌아갔다. 자정이 지난 직후에 침대 옆 전화가 울렸다. 내가 수화기를 귀에 대기도 전에 비통하게 흐느끼는 소리가 들려왔다.

"우우…… 우우우…… 짐, 머틀이 몹시 아프다네. 좀 와주겠나?"

"무슨…… 이번에는 무슨 일입니까?"

"실룩거리고 있어."

"실룩거려요?"

"끔찍하게 실룩거리고 있어. 짐, 빨리 좀 와주게." 코브 씨는 또다시 허둥대고 있었다. "나를 기다리게 하지 말게. 걱정이 돼서 죽을 지경이야. 아무래도 홍역에 걸린 것 같아."

나는 현기증이 나기 시작했다.

"홍역에 걸릴 리가 없습니다. 홍역은 그렇게 느닷없이 걸리는 병이 아니에요."

"제발 부탁일세, 짐." 그는 내 말을 못 들은 것처럼 말을 이었다. "우린 친구 아닌가. 와서 머틀을 좀 봐주게."

"알았습니다." 나는 지친 목소리로 대답했다. "곧 가겠습니다."

"자네는 정말 친절한 젊은이야. 아주 친절……." 수화기를 내려놓는 동안에도 그 목소리는 꼬리를 끌면서 계속되었다.

나는 지난번처럼 허둥대지 않고 정상적인 속도로 옷을 입었다. 이번에도 지난번과 같은 증세인 듯한데, 왜 하필 또 한밤중인가? 나는 시더 하우스로 가면서, 이번에도 공연한 헛소동이 분명하다고 생각했다. 하지만 앞일은 어떻게 될지 모른다.

현관 밖에서 지난번처럼 현기증 나는 위스키 냄새가 밀려와 나를 감쌌다. 코브 씨는 부엌으로 나를 안내하는 동안 코를 훌쩍거리고 신음 소리를 내면서 한두 번 내 쪽으로 휘청거렸다. 부엌에 들어가자 그는 구석에 놓인 바구니를 가리켰다.

"저기 있네." 그는 눈물을 훔치면서 말했다. "방금 리피온에서 돌아왔는데, 머틀이 이 꼴이 되어 있지 뭔가."

"또 경마장에 가셨습니까?"

"그래. 경마에 돈을 걸고 술을 마시느라 불쌍한 머틀을 집에 처박아두었다네. 나는 건달이야. 쓸모없는 건달."

"그렇지 않아요! 전에도 말했잖습니까. 하루쯤 외출했다고 해서 개한테 큰 해가 되는 건 아닙니다. 어쨌든 그 경련은 어떻게 된 겁니까? 지금은 멀쩡해 보이는데요."

"아, 지금은 그쳤지만, 내가 들어왔을 때는 뒷다리를 이렇게 떨고 있었다네."

그는 손을 발작적으로 꿈틀꿈틀 움직여 보였다.

나는 속으로 신음을 뱉었다.

"몸을 긁거나 파리를 쫓고 있었을지도 모르지요."

"아니, 단순히 그런 게 아닐세. 나는 머틀이 괴로워하고 있다는 걸 알 수 있어. 저 눈을 좀 보게."

나는 그의 말뜻을 알 수 있었다. 비글종인 머틀의 눈은 물이 가득 고인 웅덩이처럼 감정이 가득 담겨 있어서, 그 깊은 곳에 가슴 뭉클한 원망이 숨어 있는 것처럼 보이기 십상이었다.

나는 헛수고라는 것을 알면서도 머틀을 진찰했다. 무엇을 찾아내게 될지는 알고 있었다. 아니나 다를까 나는 아무 이상도 발견하지 못했다. 하지만 머틀이 정상이라고 아무리 설명해도 코브 씨는 납득하지 않았다.

"그 놀라운 알약을 한 알만 주게." 그는 애원하듯 말했다. "지난번에 그 약을 먹고 단박에 나았잖나."

나는 그의 마음을 편하게 해주어야 할 것 같아서 머틀에게 비타민을 한 알 먹였다.

코브 씨는 안심하고 객실로 비틀거리며 들어가 위스키 술병을 집어 들었다.

"그렇게 충격을 받았으니 기운을 좀 북돋워줄 필요가 있어. 자네도 한잔해야지?"

이 팬터마임은 그 후 몇 달 동안 자주 상연되었다. 늘 경마에 다녀온 뒤였고, 늘 자정에서 새벽 1시 사이였다. 나는 상황을 분석할 기회가 많았기 때문에 상당히 명백한 결론에 도달했다.

코브 씨가 평소에는 정상적이고 성실한 반려견 주인이었지만, 경마장에 가서 술을 많이 마신 뒤에는 개에 대한 사랑이 끈적끈적한 감상과 죄책감으로 변질되었다. 나는 그가 전화로 부르면 반드시 그 집에 갔다. 내가 거절하면 그가 몹시 슬퍼하리라는 것을 알았기 때문이다. 나는 머틀이 아니라 코브 씨를 치료하고 있었다.

왕진할 필요가 없다는 내 주장을 코브 씨가 단 한 번도 받아들이지 않은 것은 재미있었다. 그는 매번 내 마술적인 알약이 개의 목숨을 구해주었다고 확신했다.

나는 머틀이 일부러 그 가련한 눈으로 주인을 조종했을 가능성을 배제하지 않았다. 개도 주인한테 불만을 품을 수 있다. 나는 어디를 가든 샘을 데리고 다녔지만, 헬렌과 영화관에 가면서 집에 놔두면 녀석은 부루퉁한 얼굴로 침대 밑으로 기어들곤 했다. 침대 밑에서 나와도 한두 시간은 일부러 우리를 모른 척 외면했다.

코브 씨가 머틀을 수캐와 짝지어줄 작정이라고 말했을 때 나는 움찔했다. 머틀이 임신을 하면 내가 그의 등쌀에 시달릴 것이기 때문이다.

걱정은 현실이 되었다. 코브 씨는 임신 기간인 9주 동안 술만 마시면 아무 근거도 없는 공황 상태에 빠졌고, 일정한 간격

을 두고 머틀한테서 온갖 가공의 증세를 찾아냈다.

머틀이 마침내 다섯 마리의 건강한 새끼를 낳았을 때 나는 안도의 한숨을 내쉬었다. 이제 조금은 평화를 얻을 수 있겠구나 생각했다. 사실 코브 씨의 쓸데없는 야간 호출에 진력이 나 있었다. 나는 야간 왕진을 거절하지 않는 것을 원칙으로 삼고 있었지만, 코브 씨는 이 원칙을 지나치게 남용했다. 나도 인내의 한계점에 이르러 있었다. 그래서 언제 한번 기회를 봐서 그가 알아듣도록 말해야겠다고 마음먹었다.

*

강아지들이 생후 3주쯤 되었을 때 결정적인 기회가 왔다. 그날은 끔찍한 하루였다. 오전 5시에 자궁이 빠져나온 암소를 치료했고, 그 후 몇 시간 동안 왕진을 다니느라 끼니도 걸렀고, 밤늦게까지 농산부에 제출할 서류와 씨름했지만 일부 서류에 기입한 사항이 잘못된 것 같아서 마음이 찜찜했다.

나는 왜 이렇게 사무 능력이 없을까. 스스로 생각해도 화가 났다. 기진맥진하여 침대로 기어들었을 때도 여전히 낭패감에 시달렸다. 서류가 마음에 걸려서 좀처럼 잠이 오지 않았다.

서류를 마음에서 몰아내려고 한참 동안 애쓰다가 자정이 훨씬 넘어서야 겨우 잠이 들었다.

우리 환자들은 내가 절실히 잠을 필요로 할 때가 언제인지 알고 있는 게 아닐까 하는 생각이 든다. 그리고 일부러 내 잠을 방해하고 고소해하는 게 아닐까. 물론 어리석은 망상인 것은 알고 있지만 그런 의문이 항상 마음을 떠나지 않았다. 그래서 그날 밤 전화벨 소리가 내 귓전에서 폭발했을 때도 나는 별로 놀라지 않았다.

지친 손을 수화기로 뻗으면서 자명종 시계를 보니 야광 바늘이 1시 15분을 가리키고 있었다.

"여보세요." 나는 툴툴거리듯이 말했다.

"우우…… 우우우…… 우우우!" 너무나 귀에 익은 울음소리였다.

나는 이를 악물었다. 이것이야말로 내가 기다리던 기회였다.

"아저씨, 이번에는 또 무슨 일입니까?"

"짐, 머틀이 죽어가고 있어. 정말이야. 빨리 좀 와주게. 빨리!"

"죽어간다고요?" 나는 귀에 거슬리는 소리를 내며 숨을 두어 번 들이마셨다. "어떻게 해서 그런 결론이 나왔죠?"

"옆으로 길게 드러누워서 부들부들 떨고 있다네."

"그것뿐입니까?"

"마누라가 그러는데, 머틀이 온종일 걱정스러워 보였고 오늘 오후에 정원에 내보냈을 때도 걸음걸이가 뻣뻣했다는군. 나는 레드카에서 돌아온 지 얼마 안 됐어."

"그럼 경마에 다녀오셨군요?"

"맞아. 내 개를 온종일 방치해놓고⋯⋯ 나는 건달이야. 아무짝에도 쓸모없는 건달이라고."

나는 어둠 속에서 눈을 감았다. 코브 씨가 상상 속에서 만들어내는 증상은 끝이 없었다. 이번에는 부들부들 떨고, 걱정스러워 보이고, 뻣뻣하게 걸어 다니는 증상인가. 지금까지 머틀은 숨을 헐떡거리고, 몸을 실룩거리고, 고개를 끄덕거리고, 귀를 흔들고⋯⋯ 다음에는 또 뭘까?

하지만 이젠 질렸다.

"이것 보세요, 아저씨. 머틀은 아무 이상도 없습니다. 누차 말했듯이⋯⋯."

"짐, 빨리 좀 와주게. 으흐흐흑!"

"가지 않겠습니다."

"아니, 그런 말은 말게. 머틀은 곧 죽을 거야."

"정말입니다. 왕진을 가봤자 제시간과 아저씨 돈만 낭비할

뿐이에요. 그러니 그만 가서 주무세요. 머틀은 괜찮을 겁니다."

이불 속에 누워 부들부들 떨면서 왕진을 거절하는 것도 보통 피곤한 게 아니라는 것을 깨달았다. 난생처음 왕진을 거절하기보다는 차라리 침대에서 일어나 시더 하우스에 가서 또 한 번 팬터마임에 참여하는 편이 훨씬 덜 피곤했을 것이다. 하지만 계속 그럴 수는 없었다. 이젠 분명하고 단호한 태도를 취해야 한다.

불편한 잠에 빠져들었을 때도 나는 여전히 양심의 가책에 시달리고 있었다. 잠을 자는 동안에도 잠재의식이 계속 활동하는 것은 다행이다. 자명종 시계가 오전 2시 반을 가리켰을 때 갑자기 잠에서 깨어났기 때문이다.

"맙소사!" 나는 어두운 천장을 노려보면서 소리쳤다. "머틀은 자간에 걸렸어!"

나는 침대에서 기어 나와 옷을 주워 입기 시작했다. 헬렌이 잠에서 깨어난 것을 보면 내가 꽤 수선을 떨었던 모양이다. 헬렌이 졸린 목소리로 물었다.

"왜 그래요? 무슨 일이에요?"

"험프리 코브 씨야!"

"코브 씨요? 하지만 그 집에는 서둘러 갈 필요가 없다고 했잖아요."

"이번에는 아니야. 머틀이 정말로 죽어가고 있어." 나는 다시 시계를 노려보았다. "어쩌면 지금쯤 죽었을지도 몰라." 나는 넥타이를 집어 들었다가 다시 의자에 내던졌다. "빌어먹을! 넥타이는 필요 없어!"

나는 방에서 뛰쳐나갔다. 뒷마당을 지나 차에 올라타면서 코브 씨가 말해준 증상을 머릿속으로 곱씹어보았다. 다섯 마리의 새끼에게 젖을 먹이고 있는 작은 암캐. 오늘 오후에는 불안한 기색을 보였고 뻣뻣하게 걸어 다녔다. 그리고 이제 길게 누워서 부들부들 떨고 있다. 전형적인 산욕기 자간(子癇: 분만 때 흔히 일어나는 질병으로, 전신경련과 실신발작을 되풀이한다)이다. 치료하지 않으면 순식간에 목숨을 잃을 수도 있다. 그런데 코브 씨가 전화를 걸어온 지 벌써 한 시간 반이 지났다. 이런 생각을 하자 견딜 수가 없었다.

코브 씨는 여태 일어나 있었다. 제대로 서 있지도 못하는 것을 보니 그동안 위스키로 자신을 달래고 있었던 모양이다.

"왔군, 짐." 그가 눈을 껌벅이면서 중얼거렸다.

"머틀은 어떻습니까?"

"여전해."

나는 칼슘과 정맥 주사기를 움켜잡고 코브 씨 옆을 지나 부엌으로 달려갔다.

머틀은 매끄러운 몸을 쭉 뻗고 강직성 경련을 일으키고 있었다. 숨이 차서 헐떡거리고, 격렬하게 몸을 떨었다. 입에서 거품이 뚝뚝 떨어졌다. 눈은 부드러움을 잃고 미친 듯이 한 곳만 노려보고 있었다. 끔찍해 보였지만 아직 살아 있었다……머틀은 아직 살아 있었다.

나는 깽깽 울어대는 강아지들을 들어 옆의 깔개 위에 내려놓고는 요골 정맥 부위의 털을 재빨리 깎아내고 소독했다. 그런 다음 혈관에 주삿바늘을 꽂고 조심스럽게 천천히 약을 주입하기 시작했다. 칼슘은 이 병에 잘 듣는 치료약이지만, 너무 빨리 주사하면 환자가 죽을 수 있다.

주사기를 다 비우기까지는 몇 분이 걸렸다. 나는 주사를 다 놓고도 그 자리에 쭈그리고 앉아서 머틀을 지켜보았다. 이런 환자 중에는 칼슘만이 아니라 마취제가 필요한 환자도 있었다. 나는 넴부탈과 모르핀을 가까이 준비해 두었다. 다행히 시간이 갈수록 머틀의 호흡이 느려지고, 뻣뻣하게 경직되었던 근육이 풀리기 시작했다. 머틀이 침을 삼키고 고개를 돌려 나를 쳐다보았을 때 녀석이 살아나리라는 것을 알았다.

머틀의 다리에서 마지막 경련이 사라지기를 기다리고 있을 때 누군가가 내 어깨를 탁 쳤다. 코브 씨가 위스키 병을 들고 내 뒤에 서 있었다.

"자네도 한잔해야지?"

코브 씨가 나를 설득할 필요는 없었다. 나는 하마터면 머틀을 죽일 뻔했다는 것을 알고 심한 충격에 빠져 있었다.

술잔을 들어 올릴 때에도 내 손은 여전히 떨리고 있었다. 내가 첫 모금을 마시자마자 작은 개가 바구니에서 일어나 새끼들을 살펴보러 갔다. 자간 중에는 칼슘에 대한 반응이 늦게 나타나는 경우도 있지만, 극적일 만큼 빨리 나타나는 경우도 있다. 내 신경계를 위해서는 반응이 빨리 나타난 것이 천만다행이었다.

실제로 머틀은 기분 나쁠 만큼 빨리 회복되었다. 머틀은 코를 쿵쿵거리며 새끼들을 살펴본 뒤, 나를 환영하러 식탁으로 걸어왔다. 머틀의 눈에는 우정이 넘쳤고, 진정한 비글답게 꼬리를 높이 쳐들고 흔들었다.

내가 머틀의 귀를 긁어주고 있을 때 코브 씨가 별안간 킬킬거리기 시작했다.

"이보게 짐, 오늘 밤 내가 한 가지 깨달은 게 있어."

그는 모음을 길게 늘이면서 느릿느릿 말했지만 아직 제정신을 잃지는 않았다.

"그게 뭔데요?"

"나는…… 히히히…… 지난 몇 달 동안 내가 얼마나 바보 멍청이였는가를 깨달았다네."

"무슨 뜻입니까?"

그는 집게손가락을 세워 점잖게 흔들었다.

"자네는 늘 그랬지. 내가 아무것도 아닌 일로 자네를 침대에서 끌어낸다고. 머틀이 아프다고 생각하는 건 단지 상상일 뿐이라고……."

"예, 맞습니다."

"그런데 나는 자네 말을 믿지 않았어. 그렇지? 자네 말을 들으려고도 하지 않았어. 하지만 자네가 줄곧 옳았다는 걸 이제야 알았다네. 내가 바보였어. 밤중에 자네를 성가시게 해서 정말 미안해."

"저 같으면 그런 걱정은 하지 않겠습니다."

"아니, 그건 잘못이야." 그는 쾌활한 얼굴로 꼬리를 흔드는 작은 개를 가리켰다. "머틀을 좀 보게. 오늘 밤 머틀이 아무 이상도 없다는 건 누가 봐도 알 수 있을 거야."

9
두드러기 반점

나는 아침 일찍 일어나서 컨디션이 좋았던 적은 한 번도 없다. 특히 요크셔의 봄에 경험하는 쌀쌀한 아침에는 더욱 그렇다. 3월인데도 살을 에는 듯한 바람이 황야에서 불어와 옷 속으로 파고들고, 코와 귀가 떨어져 나갈 것 같았다. 그렇지 않아도 쓸쓸한 때지만, 특히 자갈 깔린 농가 마당에 서서 내 무능함 때문에 아름다운 말이 죽어가는 것을 지켜보기에는 형편이 좋지 않은 때였다.

일은 8시에 시작되었다. 내가 아침식사를 막 끝내려 할 무렵, 케틀웰 씨가 전화를 걸어왔다.

"우리 집에 아주 좋은 짐말이 있는데, 그 녀석한테 발진이 생겨서."

"정말요? 어떤 발진인데요?"

"둥글고 납작한 발진이 온몸에 났어요."

"그런데 갑자기 났습니까?"

"예. 어젯밤에는 아주 건강했어요."

"알겠습니다. 지금 바로 가겠습니다."

나는 두 손을 맞비비고 싶었다. 두드러기다. 보통은 저절로 낫지만, 주사를 놓으면 빨리 치료되고, 게다가 새로 나온 항히스타민제도 시험해보고 싶었다. 이런 종류의 발진에 특히 잘 듣는다는 약이다. 어쨌든 수의사가 어렵지 않게 우쭐한 표정을 지을 수 있는 상황이었다. 전조가 좋은 하루의 시작.

1950년대에는 트랙터로 농장 일의 태반을 하게 되었지만, 이 근처에는 아직도 상당히 많은 짐말이 남아 있었다. 케틀웰 씨의 농장에 도착해보니, 문제의 말은 좀 특별하다는 것을 알 수 있었다.

케틀웰 씨는 애마를 마구간에서 마당으로 데려왔다. 몸길이가 2미터는 너끈히 되고도 남는 훌륭한 샤이어(영국 중부 지방이 원산지인 말)가 고귀한 머리를 자랑스럽게 흔들면서 내 쪽으로 걸어왔다. 목덜미의 곡선, 두툼한 가슴과 동체, 강한 다리, 커다란 발 위를 덮고 있는 털 등을 감정인의 눈으로 바라보면서 나는 경외심에 사로잡혔다.

"정말 훌륭한 말이군요!" 나는 큰 소리로 감탄했다. "정말 굉장해요!"

케틀웰 씨는 조심스러우면서도 자랑스럽게 미소를 지었다.

"예, 이 녀석은 정말 대단해요. 지난달에 샀지요. 좋은 말을 가지면 기분이 아주 좋아요."

그는 몸집이 작은 남자였다. 나이는 들었지만 활달하고, 내가 좋아하는 농부들 중의 하나였다. 큰 말의 목덜미를 두드리려면 발돋움을 해야 했지만, 목을 두드려주자 말은 그에게 코를 비벼댔다. "그리고 마음씨가 상냥한 말이에요. 아주 온순하죠."

"그건 좋은 겁니다. 잘생겼을 뿐만 아니라 마음씨까지 좋은 말은 천금의 가치가 있으니까요." 나는 잘 보이는 피부 반점을 손가락으로 만져보았다. "이건 심마진이에요. 틀림없습니다."

"그게 뭡니까?"

"흔히 두드러기라고 부르는데, 알레르기성 질환입니다. 이 말은 뭔가 색다른 것을 먹었을지도 몰라요. 하지만 원인을 알아내기는 상당히 어렵습니다."

"위험하다는 겁니까?"

"아니, 그런 건 아닙니다. 주사를 놓으면 금세 좋아집니다. 평소에는 아주 건강하지요?"

"예, 팔팔합니다."

"그건 좋습니다. 주사를 놓으면 이상해지는 말도 있지만, 이 말은 건강의 표본 같은 녀석이군요."

주사기에 항히스타민제를 넣으면서 나는 여느 때와는 달리 꽤 적절한 말을 생각해낸 듯한 느낌이 들었다. 큰 말은 아주 건강해 보이고 차분했다.

주사를 놓았을 때도 말은 움직이지 않았다. 주사를 의료기구 상자에 넣으려 할 때 문득 생각난 것이 있었다. 나는 언제나 두드러기 전용 조합제를 사용하고 있는데, 그것은 확실히 효과가 있었다. 만약을 위해 항히스타민제를 보강해두는 것도 나쁘지 않을지 모른다. 이 멋진 말을 얼른 확실하게 치료해주고 싶었다.

나는 차를 세워둔 곳으로 터벅터벅 걸어가 늘 갖고 다니는 예비약을 가져와서, 통상적인 분량을 주사했다. 이번에도 커다란 말은 아무 관심도 보이지 않았고 농부는 웃었다.

"굉장한데요. 이 녀석은 신경도 쓰지 않네요."

나는 주사기를 주머니 속에 넣었다.

"정말이에요. 환자가 모두 이 말만 같으면 좋으련만. 그런데 아주 덩치가 큰 녀석이군요."

이것은 수의사에게 가장 다루기 쉬운 케이스라고 나는 생각했다. 상대는 사람 좋은 농부와 온종일 바라보고 싶을 만큼 그림처럼 아름다운 말이고, 아무런 문제도 없는 속 편한 케이스였다. 왕진을 가야 할 곳은 여기 말고도 또 있었지만, 나는 이곳을 떠나고 싶지 않았다. 그래서 잠시 그 자리에 선 채, 이제 곧 새끼 양들이 태어날 계절이 다가온다는 케틀웰 씨의 말에 건성으로 귀를 기울이고 있었다.

"그럼……" 나는 마침내 말했다. "이제 슬슬 가봐야겠군요."

방향을 돌리려는 순간, 나는 농부가 갑자기 입을 다물어버린 것을 알아차렸다.

침묵이 몇 초 동안 계속된 뒤, 그가 말했다.

"이 녀석이 좀 비틀거리고 있는데요."

나는 말을 보았다. 사지의 근육에 희미한 경련이 일어나고 있었다. 거의 눈에 보이지 않을 정도였지만, 내가 지켜보는 동안 떨림은 서서히 위쪽으로 퍼지기 시작해 결국 목과 동체, 꼬리의 피부까지 떨리기 시작했다. 아주 미미하기는 했지만, 떨림의 정도는 서서히 강해지고 있는 게 분명했다.

"어떻게 된 겁니까?" 케틀웰 씨가 물었다.

"아아, 사소한 반응입니다. 곧 사라질 거예요."

나는 애써 쾌활하게 말하려 했지만, 강한 확신은 없었다.

떨림은 보고 있기가 괴로워질 만큼 천천히 온몸으로 구석구석 퍼지는 동시에, 강도도 점점 심해졌다. 하지만 농부와 나는 속수무책으로 거기에 서 있을 뿐이었다. 농부가 내 얼굴에서 불안한 기색을 알아차리지 못하도록 냉정함을 유지하려고 애쓰면서, 무척 오랫동안 거기에 서 있었던 것처럼 느껴졌다. 나는 내 눈으로 보고 있는 광경을 믿을 수가 없었다. 도저히 설명할 수 없는 이 갑작스러운 변화의 이유가 아무것도 생각나지 않았다. 내 심장은 조종처럼 울리기 시작했고 입은 바싹 말랐다.

이제 말은 고문이라도 당하고 있는 것처럼 온몸을 부들부들 떨고 있었다. 떨림은 경련으로 바뀌었고, 조금 전까지만 해도 그렇게 평온했던 눈이 공포에 질린 나머지 밖으로 튀어나올 것 같았다. 이윽고 말의 입에서 거품이 뚝뚝 떨어지기 시작했다. 나는 속으로 안달하고 있었다. 두 종류의 주사약을 섞지 말았어야 했는지도 모르지만, 섞었다고 해서 이렇게 무서운 효과가 날 리도 없었다. 도저히 있을 수 없는 일이었다.

시간이 흐름에 따라 더 이상 견딜 수 없다는 생각이 들었다. 내 귀가 쾅쾅 울리기 시작했다. 말은 이제 곧 회복될 거야. 더 이상 나빠지지는 않을 거야.

하지만 내 전망은 빗나갔다. 거의 눈에 보이지 않을 정도지만 그 커다란 동물의 몸이 흔들리기 시작한 것이다. 처음에는 아주 미미했지만, 흔들림은 점점 커져서 급기야는 태풍 속의 떡갈나무처럼 좌우로 크게 흔들리기 시작했다. 아아, 곤란한데. 이대로 가면 이 녀석은 옆으로 고꾸라져 죽어버릴 거야. 게다가 그 종말은 머지않아 찾아올 게 분명해. 내 발밑에 깔린 자갈까지 흔들린 것처럼 느껴진 순간, 커다란 말은 땅바닥에 털썩 쓰러졌다. 말은 한동안 목을 길게 늘인 채 옆으로 쓰러져 네 다리를 경련하듯 버둥댔지만, 오래지 않아 온몸이 축 늘어졌다.

이제는 어찌해볼 도리가 없었다. 내가 이 보기 드문 동물을 죽여버렸다. 몇 분 전까지만 해도 이 동물은 기운차고 아름답게 저기 서 있었고, 나는 잘 만들어진 신약을 시험해보았을 뿐인데, 이제 말이 눈앞에 죽어 있다는 것은 있을 수 없는 일이었고 믿을 수도 없었다.

나는 뭐라고 해야 좋을까? 정말 유감입니다, 케틀웰 씨. 왜 이렇게 되었는지는 나도 모릅니다. 나는 입을 열었지만, 말이 나오기는커녕 쉰 목소리 하나도 나오지 않았다. 그리고 마치 외부에서 그림이라도 보는 것처럼 구름이 낮게 드리워진 하늘 아래, 띠 모양으로 눈이 남아 있는 어두운 황야의 언덕을 배경으로 서 있는 농장 건물과 살을 에는 바람과 농부와 나 자신, 이제 더 이상 움직이지 않는 말의 시체를 의식했다.

나는 뼛속까지 스며드는 추위를 느끼고 비참한 기분이 되었지만, 내 견해를 말하지 않으면 안 되었다. 떨리는 숨을 길게 들이마시고 다시 입을 열려고 했을 때, 말이 아주 조금 고개를 들어 올렸다. 나는 아무 말도 하지 않았고 케틀웰 씨도 잠자코 있었다. 침묵 속에서 커다란 동물은 느릿느릿 움직이더니 배를 깔고 엎드려, 한동안 주위를 둘러본 뒤 천천히 일어섰다. 말은 고개를 한 번 흔들고는 주인 쪽으로 걸어왔다. 회복은 쓰려졌을 때처럼 어이없이 빨랐고, 그에 못지않게 믿기 어려웠다. 게다가 둥근 자갈이 깔린 마당에 털썩 소리를 내며 쓰러진 주제에 아무렇지도 않은 것처럼 멀쩡했다.

농부는 발돋움을 하여 말의 목덜미를 톡톡 두드렸다.

"야아, 놀랐습니다, 헤리엇 선생. 반점이 거의 다 사라졌어요!"

나는 말에게 다가가서 살펴보았다.

"정말 그렇군요. 이젠 거의 보이지 않는데요."

케틀웰 씨는 이상한 듯이 고개를 저었다.

"이건 정말 깜짝 놀랄 만한 새로운 치료법인데요. 하지만 나는 선생한테 아무래도 이 말을 하고 싶어졌어요. 기분 나쁘게 생각지 말았으면 좋겠군요."

그는 한 손으로 내 팔을 만지며 내 얼굴을 쳐다보았다.

"그건 좀 지나치게 과격한 치료법인 것 같아요."

*

나는 차를 몰고 농장을 떠났지만, 돌담 그늘까지 오자 차를 세웠다. 엄청난 피로감을 느꼈기 때문이다. 이런 일은 몸에 좋지 않았다. 점점 나이를 먹고 있었다. 벌써 30대 중반이다. 이런 충격을 옛날처럼 견딜 수는 없었다. 나는 백미러를 아래로 기울여 내 얼굴을 비쳐보았다. 조금 창백해져 있었지만 생각했던 만큼 심하지는 않았다. 불안과 곤혹감이 아직 얼굴 표정에 남아 있었다. 시골 수의사보다 훨씬 편하게 생활비를 버는 방법이 있을 텐데 하는 생각이 돌아왔다. 하루 24시간, 일주일에 7일 동안 줄곧 쉬지 않고 일해야 한다. 일은 고되고 더럽고 게다가 아까처럼 하마터면 환자를 죽일 뻔한 사건이 계속 일어난다. 나는 운전석 등받이에 몸을 기대고 눈을 감았다.

몇 분 뒤에 눈을 뜨자 태양이 구름 사이로 얼굴을 내밀고 푸른 언덕 비탈과 빛나는 지붕에 남아 있는 눈을 생생하게 되살리고 울퉁불퉁한 바위를 황금빛으로 물들이고 있었다. 나는 창문을 열고 황야의 언덕마루에서 시원하게 불어오는 차갑고 맑은 공기를 차 안에 끌어들였다. 주위를 감싸고 있는 정적을 깨는 도요새 울음소리가 들렸다. 풀에 덮인 길가의 둑에서 나는 올봄 들어 처음으로 앵초를 발견했다.

편안한 기분이 마음속으로 스며들기 시작했다. 어쩌면 나는

케틀웰 씨의 말에게 해로운 짓은 아무것도 하지 않았을지도 모른다. 항히스타민제는 이따금 그런 반응을 일으키는지도 모른다. 어쨌든 시동을 켜고 달리자 내 안에 여느 때와 같은 기분이 솟아나 당장 온몸을 가득 채우기 시작했다. 이 긴장감 넘치는 시골에서 동물을 상대로 일할 수 있는 건 멋진 일이다. 요크셔 데일스에서 수의사로 일할 수 있는 것은 정말 큰 행운이 아닐 수 없다.

10

크리스마스의 추억

이건 다른 종류의 종소리였다. 나는 크리스마스 자정 예배를 알리는 교회 종소리가 거리에 울려 퍼질 때쯤 잠이 들었지만, 이것은 그보다 훨씬 날카롭고 높은 소리였다.

처음에는 어젯밤에 내가 뒤집어쓴 비현실의 망토를 벗어던지기가 어려웠다. 크리스마스이브인 어젯밤은 내가 크리스마스에 대해 품고 있던 모든 관념이 절정에 도달한 것 같았다. 일찍이 경험해본 적 없는 감정들이 꽃을 피웠다. 그것은 오후에 어느 작은 마을로 왕진을 갔을 때부터 시작되었다. 마을의 외줄기 안길과 담장과 창틀에는 눈이 쌓였고, 반짝이는 금속으로 아름답게 장식된 나무에서는 오색 알전구들이 깜박거리고 있었다. 나는 해질녘에 그 마을을 떠나, 눈의 무게에 짓눌려 가지가 축 늘어진 가문비나무 아래를 지났다. 가문비나무들은 하얀 목초지를 배경으로 그려진 스케치처럼 꼼짝도 하지 않았다.

대러비에 도착했을 때는 이미 어두워진 뒤였다. 시장의 작은 상점들은 화려하게 장식되어 있었고, 사람들의 발길에 다져진 눈은 창문에서 새어 나오는 불빛에 주황색으로 물들어 있었다. 머리부터 발끝까지 온몸을 감싸서 누군지 알아볼 수도 없는 사람들이 마지막 쇼핑을 하느라 분주히 돌아다니고 있었다. 길바닥에 깔린 자갈들 위에 눈이 쌓여, 종종걸음 치던 사람들이 주르르 미끄러지곤 했다.

나는 스코틀랜드에서 많은 크리스마스를 겪었지만, 대러비에서는 새해맞이 행사가 우선이고 크리스마스는 그다음이었다. 이곳처럼 들뜬 크리스마스 분위기는 전혀 없었다. 여기서는 며칠 전부터 사람들이 크리스마스 인사를 나누고, 외딴 산기슭에도 색전구가 깜박이고, 농가의 아낙들이 포동포동 살찐 거위의 털을 뽑아 깃털을 수북이 쌓아두고, 그러면서 크리스마스 분위기가 서서히 달아오르기 시작한다. 그리고 꼬박 보름 동안 아이들이 거리에서 크리스마스 캐럴을 부르고 집집마다 돌아다니며 성금을 받는다. 어젯밤에는 감리교회 성가대가 길거리에서 노래를 불러 풍부하고 감동적인 화음으로 밤공기를 가득 채웠다.

나는 잠자리에 들기 전에 스켈데일 하우스를 나와서 다시 시장으로 가보았다. 교회종이 막 울리기 시작했다. 달빛 아래 하얗게 펼쳐져 있는 광장은 이제 텅 비어 쥐죽은 듯 조용했다. 움직이는 것은 아무것도 없었다. 누군가가 도시 계획을 생각해내기 훨씬 전에 지어진 광장 주변의 집과 상점들은 찰스 디킨스의 소설 같은 분위기를 자아내고 있었다. 갖가지 모양의 건물들이 키다리와 난쟁이, 뚱보와 홀쭉이처럼 어지럽게 뒤

섞여 있고, 눈을 머리에 인 지붕들은 얼어붙은 하늘을 배경으로 들쭉날쭉한 스카이라인을 그렸다.

나는 발밑에서 뽀드득거리는 눈을 밟으며 집으로 돌아왔다. 교회종이 울려 퍼지고, 살을 에는 듯한 공기가 콧구멍을 따갑게 찔렀다. 크리스마스의 경이와 신비가 거대한 물결처럼 밀려와 나를 감쌌다. 땅에는 평화를, 사람에겐 자비를. 전에는 무의미했던 이 말이 의미를 갖게 되었다. 갑자기 내가 거대한 하나의 유기체를 이루는 작은 조각이 된 기분이었다. 대러비, 농부들, 짐승들과 내가 처음으로 따뜻하고 편안한 하나의 존재처럼 느껴졌다. 술을 전혀 마시지 않았는데도 살림방으로 올라가는 내 발은 거의 공중에 붕 떠 있었다.

헬렌은 자고 있었다. 아내 옆으로 기어들어갈 때도 나는 아직 행복한 크리스마스 기분에 잠겨 있었다. 내일은 일이 별로 없을 거야. 실컷 늦잠을 자자. 아홉 시까지는 잘 수 있겠지. 그런 다음 온종일 빈둥거리며 느긋하게 지내자. 바쁜 생활에서 잠시 벗어나 한숨 돌리면서 즐거운 한때를 보내는 거야. 잠 속으로 빠져들 때는 고객들의 미소 띤 얼굴이 나를 둘러싸고 모든 것을 포용하는 자비로운 표정으로 내려다보는 것 같았다. 그리고 묘하게도 감리교회 성가대처럼 감미로운 노랫소리가 끊임없이 들려왔다.

"하나님이 너희를 쉬게 하시니……."

하지만 지금은 다른 종소리가 울리고 있었다. 종소리는 멈추려 하지 않았다. 틀림없이 자명종일 거야. 하지만 시계를 만져도 소음은 계속되었다. 시계는 6시를 가리키고 있었다. 물론 그것은 전화벨 소리였다. 나는 수화기를 들었다.

힘차고 또렷해서 졸린 기색이라고는 전혀 없는 금속성 목소리가 불쾌하게 내 귀를 찔렀다.

"수의사요?"

"예, 헤리엇입니다." 나는 졸린 목소리로 웅얼거렸다.

"윌렛 힐의 브라운이오. 암소 하나가 유열(젖소에게 일어나는 대사성 질환)에 걸렸으니까 빨리 좀 와주쇼."

"예, 알겠습니다."

"너무 늦지 마쇼." 그러고는 딸깍 전화가 끊겼다.

나는 벌렁 드러누운 채 천장을 쳐다보았다. 그러니까 오늘이 바로 크리스마스였다. 잠시 세상 밖으로 나가 크리스마스 기분에 탐닉하기로 마음먹은 날이다. 브라운이라는 사내가 나를 잔인하게 다시 현실로 데려올 줄은 꿈에도 몰랐다. 게다가 미안하다는 말 한마디 없이. "메리 크리스마스"라는 말까지는 바라지 않는다 해도, 최소한 "주무시는데 깨워서 죄송합니다"라든가 뭐 그런 말쯤은 한마디 해야 하지 않나? 정말이지 너무 인정머리가 없다.

브라운 씨는 어두운 농가 마당에서 나를 기다리고 있었다. 이곳에는 전에도 몇 번 와본 적이 있었다. 내 자동차의 헤드라이트가 그를 비추었을 때, 여느 때처럼 나는 완벽한 건강 상태를 나타내고 있는 그의 외모에 감탄하지 않을 수 없었다. 그는 마흔 살쯤 된 활기찬 사내였다. 피부가 깨끗하고 이목구비가 또렷한 얼굴에 광대뼈가 튀어나와 있었다. 체크무늬 모자 밑으로 붉은 머리가 엿보이고, 노란색 솜털이 뺨과 목과 손등을 덮고 있었다. 그를 보기만 해도 더 나른해지고 졸음이 왔다.

그는 아침 인사도 없이 무뚝뚝하게 고개를 끄덕인 다음 외양간 쪽으로 고갯짓을 했다.

"저기요." 그가 한 말은 그게 전부였다.

내가 주사를 놓는 동안 그는 말없이 지켜보고 있다가, 내가 빈 약병을 주머니에 넣고 있을 때에야 비로소 입을 열었다.

"오늘 젖을 짜면 안 되겠소?"

"젖통이 찰 때까지 내버려 두는 게 좋습니다."

"먹이에 대해 특별히 조심할 점은 없겠소?"

"없습니다. 언제든 먹고 싶어 할 때 좋아하는 먹이를 주어도 됩니다."

브라운 씨는 대단히 효율적인 사람이어서, 언제나 모든 점을 자세히 알고 싶어 했다.

함께 마당을 건너다가 별안간 멈춰 서서 나를 돌아보았다. 들어가서 따끈한 차라도 한 잔 마시고 가라고 권하려나 보다.

귀를 물어뜯는 찬바람을 맞으며 눈 속에 발목까지 묻힌 채 마당 한복판에 서 있는 나에게 그가 말했다.

"아시다시피 요즘 우리 소들이 연달아 유열에 걸렸소. 아무래도 내 방식에 뭔가 문제가 있는 것 같은데, 내가 녀석들한테 수증기를 너무 많이 쐰다고 생각하쇼?"

"그럴 수도 있습니다."

나는 서둘러 자동차 쪽으로 걸어갔다. 지금 이 순간 가장 하고 싶지 않은 일은 가축 관리법을 강의하는 것이었다.

내가 문 손잡이를 잡았을 때 그가 말했다.

"점심때까지도 상태가 좋아지지 않으면 다시 전화하겠소. 그리고 또 하나, 지난달에 보낸 그 빌어먹을 청구서 말인데, 원장한테 제발 펜을 그렇게 함부로 놀리지 말라고 전해주쇼."

그러고는 돌아서서 자기 집 쪽으로 서둘러 걸어갔다.

기가 막혀서. 나는 차를 몰고 나오면서 생각했다. 고맙다는 말도, 잘 가라는 말도 없이 불평만 늘어놓다니. 그리고 필요하면 구운 거위고기를 먹고 있는 나를 식탁에서 끌어내겠다고? 갑자기 분노의 물결이 밀려왔다. 빌어먹을 농부들! 농부들 중에는 무례하고 비열한 사람도 있었다. 브라운 씨는 내 머리에 찬물 한 바가지를 퍼부은 것처럼 효과적으로 내 축제 기분을 망쳐놓았다.

스켈데일 하우스 계단을 올라갈 때 어둠이 은회색으로 옅어지기 시작했다. 헬렌이 복도에서 나를 맞아주었다. 헬렌은 쟁반을 들고 있었다.

"미안하지만 급한 일거리가 또 하나 생겼어요. 원장님도 아까 왕진을 나갔어요. 커피와 빵을 준비해놓았으니까 들어와서 앉으세요. 그걸 먹을 시간은 있어요."

나는 한숨을 내쉬었다. 크리스마스도 결국 여느 날과 다름없는 하루가 될 것 같았다.

"이번에는 또 무슨 일이지?" 나는 커피를 홀짝거리면서 물었다.

"커비 영감님이에요. 암염소 때문에 몹시 걱정하고 있어요."

"암염소가?"

"숨을 못 쉬고 있대요."

"숨을 못 쉰다고? 아니, 어떻게 그럴 수가 있지?" 나는 소리를 질렀다.

"그건 나도 모르죠. 그리고 나한테 소리 지르지 마요. 내 잘못이 아니니까."

나는 당장 부끄러움에 사로잡혔다. 기분이 나쁘다고 죄 없는 아내한테 화풀이를 하다니. 수의사가 달갑잖은 전갈을 받으면 그 전갈을 전해준 사람에게 책임을 뒤집어씌우는 경우가 많지만, 나는 그것을 좋게 생각지 않는다. 나는 사과의 표시로 손을 내밀었고, 헬렌은 내 손을 잡아주었다.

"미안해."

나는 사과하고 부끄러운 마음으로 커피 잔을 비웠다. 크리스마스에 어울리는 따뜻한 선의는 내 마음속에서 바닥까지 떨어져 있었다.

커비 씨는 은퇴한 농부였지만, 현명하게도 땅이 딸린 작은 집을 얻어서 소일거리로 가축—암소 한 마리, 돼지 몇 마리, 그리고 그가 사랑해 마지않는 염소 몇 마리—을 키우고 있었다. 그는 젖소를 키우고 있을 때에도 늘 염소를 키웠다. 그만큼 염소를 좋아했다.

그의 집은 골짜기 상류 쪽 마을에 있었다. 커비 씨가 대문간에서 나를 맞아주었다.

"이렇게 아침 일찍, 더구나 크리스마스에 성가시게 해서 정말 미안하네. 하지만 어쩔 수가 없었어. 도로시가 많이 아파서 말이야."

그는 축사로 개조한 헛간으로 나를 안내했다. 철조망을 친 우리 안에서 커다란 흰색 자넨 염소(스위스 자넨 지방이 원산지인 낙농용 염소)가 불안한 얼굴로 우리를 내다보았다. 나는 염소가 침을 꿀꺽 삼키고 무언가를 토해낼 것처럼 한바탕 기침을 한

다음 입에서 침을 질질 흘리면서 부들부들 떨고 있는 것을 유심히 관찰했다.

농부가 눈을 크게 뜨고 나를 돌아보았다.

"이러니 수의사 선생을 부를 수밖에. 내일까지 내버려 두면 도로시는 죽어버릴 걸세."

"맞습니다. 도저히 그냥 내버려 둘 수 없었겠군요. 목에 무언가가 걸렸습니다."

우리는 우리 안으로 들어갔다. 노인이 염소를 벽에 밀어붙이고 있는 동안 나는 입을 벌리려고 했다. 하지만 녀석은 그것을 별로 좋아하지 않았다. 내가 턱을 억지로 벌리자 큰 소리로 오랫동안 비명을 질렀다. 꼭 사람이 울부짖는 소리 같았다. 염소의 입은 별로 크지 않았지만, 내 손이 워낙 작아서 염소의 입속에 집어넣을 수 있었다. 나는 내 손을 물려고 하는 날카로운 어금니를 피해 손가락 하나를 목구멍 속으로 깊숙이 집어넣었다.

거기에 무언가가 있었다. 하지만 손가락에 닿긴 하는데 잡을 수가 없었다. 그때 염소가 머리를 이리저리 흔들어댔기 때문에 나는 손을 뺄 수밖에 없었다. 손에서 염소의 침이 뚝뚝 떨어졌다. 나는 도로시를 내려다보며 궁리했다.

잠시 후에 나는 농부를 돌아보았다.

"좀 난감하군요. 목구멍 안에서 무언가가 만져지긴 하는데, 꼭 헝겊처럼 부드러워요. 나뭇가지나 가시 같은 게 목구멍에 박혀 있을 줄 알았는데…… 염소가 밖을 돌아다닐 때는 별의별 희한한 것을 다 집어먹지만, 헝겊이라면 어째서 목구멍으로 내려가지 않고 거기에 끼어 있을까요? 왜 꿀꺽 삼키지 않았을까요?"

"그래, 염소는 정말 별난 짐승이야. 안 그런가?" 노인은 염소의 등을 한 손으로 부드럽게 쓰다듬었다. "이 녀석이 그걸 스스로 토해낼 수 있을까? 아니면 그냥 뱃속으로 쑥 미끄러져 내려갈 수 있을까?"

"그럴 것 같진 않습니다. 아주 단단히 끼었어요. 어떻게 해서 그렇게 됐는지는 모르지만, 어쨌든 그런 상태예요. 도로시의 몸이 부풀어 오르기 시작했으니까 빨리 그걸 꺼내야 합니다. 저것 보세요."

나는 고창증(반추동물의 장내에 발효성 가스나 거품이 축적되어 위장이 팽창하는 대사성 질환)으로 부풀어 오른 염소의 왼쪽 옆구리를 가리켰다. 그때 도로시가 목이 거의 찢어질 것처럼 발작적으로 기침을 하기 시작했다.

커비 씨는 말없이 호소하는 눈으로 나를 쳐다보았지만, 그 순간에는 나도 어찌해야 좋을지 막막했다. 나는 우리 문을 열었다.

"차에 가서 손전등을 가져오겠습니다. 목구멍 속을 비추어 보면 뭔가 원인을 찾아낼 수 있을지 몰라요."

노인이 손전등을 들었고 나는 다시 염소의 입을 억지로 벌렸다. 또다시 어린애가 울부짖는 듯한 그 기묘한 소리가 도로시의 목에서 새어 나왔다. 내가 도로시의 혀 밑에서 무언가를 본 것은 녀석이 목청껏 고함을 지른 순간이었다. 혀 밑에 가늘고 검은 띠 같은 것이 있었다.

"알았어요." 나는 소리쳤다. "끈 같은 게 혀에 감겨 있어서 내려가지 못하고 목구멍에 걸렸군요."

나는 그 끈 밑에 집게손가락을 조심스럽게 밀어 넣고 잡아당기기 시작했다. 그러나 그것은 끈이 아니었다. 내가 조심스럽게 잡아당기자 늘어나기 시작했다. 꼭 고무줄처럼. 그러다가 늘어나기를 멈추었고, 나는 진짜 저항을 느꼈다. 목구멍에 끼어 있는 것이 움직이기 시작했다. 나는 계속 잡아당겼고, 그 신비로운 장애물이 혀뿌리를 지나 입안으로 아주 천천히 미끄러져 올라왔다. 손에 닿는 곳까지 올라오자 나는 고무줄을

놓고 침에 흠뻑 젖은 그 덩어리를 앞으로 잡아당겼다. 그것은 끝이 없는 것 같았다. 길이가 두 자나 되는 긴 뱀이 물을 뚝뚝 떨어뜨리며 올라오는 것 같았다. 하지만 마침내 나는 그것을 꺼내 짚이 깔린 우리 바닥에 내려놓았다.

커비 씨가 그것을 집어 들었다. 도대체 뭘까 하고 의아해하는 눈으로 그 덩어리를 헤집던 커비 씨가 갑자기 소리를 질렀다.

"맙소사. 내 여름 팬티잖아!"

"여름 뭐라고요?"

"여름 팬티. 날씨가 따뜻해지면 나는 긴 속옷을 입기 싫어서 늘 이런 짧은 팬티로 갈아입는다네. 마누라가 연말이 되기 전에 옷장을 정리했는데, 여름 팬티를 빨았는지 걸레로 만들어버렸는지 기억이 안 난다고 하더군. 마누라가 빨아서 빨랫줄에 널어놓은 걸 도로시가 먹은 게 분명해." 커비 씨는 너덜너덜한 팬티를 들어 올려 침울한 눈으로 바라보았다. "이 팬티도 좋은 시절이 있었지만, 이번에는 도로시가 이걸 탐낸 모양이군."

이윽고 그의 몸이 조용히 흔들리기 시작했다. 낮게 킬킬거리는 소리가 잠시 그의 입에서 새어 나오다가 요란한 웃음소리로 바뀌었다. 그것은 전염성을 가진 웃음이었다. 나는 커비 씨를 바라보면서 함께 웃었다. 커비 씨는 한참 동안 웃음을 그치지 않았다. 마지막에는 힘이 빠져서 철조망에 몸을 기대고 있었다.

"내 가엾은 팬티." 커비 씨는 헐떡거리며 말하고는 철조망 너머로 몸을 기울여 염소의 머리를 토닥였다. "하지만 너만 괜찮으면 이까짓 팬티쯤은 아깝지 않아."

"도로시는 괜찮을 겁니다." 나는 도로시의 왼쪽 옆구리를 가리켰다. "배가 벌써 가라앉기 시작하는 게 보이시죠?"

그때 도로시가 기분 좋게 트림을 하고는 흥미로운 듯 건초 더미를 코로 쑤셔대기 시작했다.

농부는 다정한 눈길로 도로시를 바라보았다.

"대단하지 않나? 벌써 먹을 준비가 됐어. 고무줄이 혀에 감기지 않았다면 팬티가 목구멍으로 꿀꺽 넘어가서 도로시를 죽여버렸을 걸세."

"그렇지는 않을 겁니다. 반추동물은 위 속에 깜짝 놀랄 만한 물건도 넣고 다닐 수 있지요. 한번은 다른 병 때문에 암소를 수술하다가 위 속에서 자전거 타이어를 발견한 적도 있답니다. 그런데 암소는 타이어를 뱃속에 넣고도 전혀 괴로워하는 것 같지 않았어요."

"알겠네." 커비 씨는 턱을 문질렀다. "그러니까 도로시도 몇 년 동안이나 내 팬티를 뱃속에 넣은 채 돌아다닐 수 있었겠군."

"충분히 가능합니다. 영감님은 팬티가 어떻게 되었는지 영원히 몰랐을 겁니다."

"맞아. 그랬을 거야." 커비 씨는 또 킬킬거릴 듯이 보였지만, 웃음을 억누르고 내 팔을 잡았다. "내가 무엇 때문에 자네를 이 추운 곳에 계속 세워두고 있는지 모르겠군. 안에 들어가서 크리스마스 케이크나 한 조각 먹고 가게."

작은 거실에 들어가자 커비 씨는 나를 난롯가의 가장 좋은 의자로 안내했다. 난로에서는 장작 두어 개가 탁탁 소리를 내며 타고 있었다.

"여보, 헤리엇 선생한테 케이크 좀 갖다 드려."

농부는 식료품 저장실을 뒤지면서 아내에게 소리쳤다. 농부가 위스키 술병을 들고 다시 나타난 것과 동시에 그의 아내가 케이크를 들고 들어왔다. 두꺼운 당의를 입힌 케이크는 예쁜 색깔의 눈송이와 썰매와 순록으로 장식되어 있었다.

커비 씨는 술병 마개를 열면서 아내에게 말했다.

"크리스마스 아침에 여기까지 와서 우리를 도와주는 사람이 있으니, 우리는 정말 운이 좋은 편이야."

"정말 그래요."

커비 부인은 케이크를 두껍게 썰어서, 접시에 담겨 있는 커다란 치즈 덩어리 옆에 놓았다.

그동안 커비 씨는 내가 마실 술을 따르고 있었다. 요크셔 사람은 위스키에 아마추어다. 커비 씨가 위스키를 마치 레모네이드처럼 철렁거리며 술잔에 따른 것은 위스키를 잘 몰라서 그런 것이지만, 그 태도에는 한없는 기쁨이 담겨 있었다. 내가 말리지 않았다면 커비 씨는 위스키를 잔이 넘치게 가득 채웠을 것이다.

나는 손에는 술잔을 들고 무릎 위에는 케이크를 올려놓고, 식탁 의자에 똑바로 앉아서 자애로운 눈길로 조용히 나를 바라보고 있는 농부와 그의 아내를 바라보았다. 두 얼굴에는 공통점—일종의 아름다움이 있었다. 그런 얼굴은 오직 시골에서만 찾아볼 수 있을 것이다. 깊이 새겨진 주름살, 비바람에 거칠어진 피부, 쾌활하고 평온하게 반짝이는 맑은 눈.

나는 술잔을 들어 올렸다.

"두 분 다 행복한 크리스마스를 보내시기 바랍니다."

노부부도 고개를 끄덕이고는 웃으면서 대답했다.

"당신도 메리 크리스마스."

그러고는 커비 씨가 말했다.

"고맙네. 우리 도로시를 구해주려고 여기까지 달려와줘서 얼마나 고마운지 몰라. 우리가 자네의 크리스마스를 망쳐놓았겠지만, 도로시가 죽었다면 우리 크리스마스는 엉망이 되어버렸을 걸세. 안 그래, 여보?"

"걱정 마세요. 영감님은 제 크리스마스를 망쳐놓지 않았으니까요. 사실은 이게 정말로 크리스마스라는 걸 새삼 깨닫게 해주셨어요."

나는 낮은 천장 들보에 크리스마스 장식이 매달려 있는 작은 방을 둘러보면서, 어젯밤에 느낀 감정이 서서히 되돌아오는 것을 느꼈다. 온몸으로 스멀거리며 퍼져가는 그 따뜻한 훈기는 위스키와는 아무 관계도 없었다.

나는 케이크를 한 입 먹고 촉촉한 치즈 한 조각을 입에 넣었다. 처음 요크셔에 왔을 때는 치즈와 케이크를 같이 먹는 것을 보고 깜짝 놀랐다. 스코틀랜드에서는 듣도 보도 못한 일이었기 때문이다. 하지만 세월은 지혜를 가져다주었고, 나는 치즈와 케이크를 같이 씹으면 그 맛이 무어라 말할 수 없이 미묘하다는 사실을 알게 되었다. 이상한 일이지만, 치즈와 케이크의 혼합물은 설익은 위스키 한 모금과 함께 목구멍으로 넘기는 게 가장 좋다는 사실도 알게 되었다.

"헤리엇 선생님, 혹시 라디오 소리가 귀에 거슬리지 않으세요?" 커비 부인이 물었다. "크리스마스 아침에는 늘 라디오에서 나오는 찬송가를 즐겨 듣지만, 선생님이 싫다면 끌게요."

"아니, 그냥 두십시오. 아주 듣기 좋은데요."

나는 낡은 라디오를 돌아보았다. 라디오를 싸고 있는 나무틀은 이지러지고, 표면에 장식적인 당초무늬가 새겨져 있었다. 가장 초기에 나온 모델이 분명했다. 소리도 직직거려서 듣기가 거북했지만, 그래도 역시 교회 성가대의 노래는 감미로웠다. '하나님의 말씀을 전하는 천사들의 노래에 귀를 기울여라⋯⋯.' 그 노래는 작은 방을 가득 채우고, 장작이 난로 안에서 타닥거리는 소리와 노부부의 부드러운 목소리와 어우러졌다.

노부부는 아들과 딸의 사진을 보여주었다. 아들은 훌턴에서 경찰관으로 일하고, 딸은 이웃 농부와 결혼했다고 한다. 크리스마스 만찬에는 여느 때처럼 아들과 딸이 손자들을 데리고 올 예정이었다. 커비 부인은 상자를 열고, 그 안에 담겨 있는 폭죽을 한 손으로 쓸어보았다. 성가대는 '옛날 다윗 왕의

도시에서'를 부르기 시작했고, 나는 위스키를 다 마셨고 농부
는 다시 술병을 기울였다. 나는 그만 마시겠다고 했지만, 그
저항에는 별로 힘이 담겨 있지 않았다. 작은 창문을 통해 두껍
게 덮인 눈을 뚫고 나온 새빨간 감탕나무 열매가 보였다.

그 집을 떠나기가 못내 아쉬웠다. 두 번째 술잔을 비우고 접
시에 남은 케이크 부스러기를 포크로 떠먹자, 이제 가야 한다
는 생각에 기분이 우울해졌다.

커비 씨는 나와 함께 밖으로 나와, 대문간에서 손을 내밀었
다.

"고맙네. 정말 고마워. 행운을 비네."

거칠고 건조한 손바닥이 잠시 내 손바닥과 맞닿았다. 나는
차에 타고 시동을 걸었다. 손목시계를 보니 이제 겨우 9시 반
이었다. 첫 아침 햇살이 연푸른 하늘에서 빛나고 있었다.

마을을 지나자 가파른 오르막길이 나왔다. 길은 커다란 원
호를 그리며 마을 가장자리를 돌았다. 드넓은 요크 평원이 갑
자기 눈앞에 나타나는 것은 바로 이 지점이다. 이곳에 서면 평
원이 바로 발아래에 펼쳐져 있는 것처럼 보인다. 나는 늘 여기
서 속도를 늦추곤 했다. 평원은 볼 때마다 새롭고 매번 다른
볼거리가 있었지만, 오늘은 거대한 장기판 같은 목초지와 농

장과 숲이 이제껏 한 번도 본 적이 없을 만큼 투명하게 떠올라 있었다. 오늘이 휴일이라서 공장 굴뚝이 매연을 내뿜지 않고 트럭도 배기가스를 내뿜지 않기 때문일 것이다. 맑고 차가운 공기 속에서는 거리가 마술이라도 부린 것처럼 단축되어, 손만 뻗으면 까마득히 밑에 있는 낯익은 건물들을 만질 수 있을 것 같았다.

나는 하얀 눈에 덮여 큰 파도처럼 굽이치는 산들을 돌아보았다. 빽빽이 들어찬 산들은 멀어질수록 푸르스름한 색깔을 띠고, 갈라진 틈새가 으스스할 만큼 뚜렷이 드러나고, 가장 높은 산꼭대기는 햇빛을 받아 반짝이고 있었다. 마을 끝에 커비 부부의 작은 집이 보였다. 나는 거기서 크리스마스와 평화와 자비를 발견했다.

농부들은 지상의 소금이었다.

옮긴이의 덧붙임

마침내, '수의사 헤리엇의 이야기' 시리즈의 마지막 권에 이르렀습니다. 이 시리즈는 본책 4권과 별책 3권으로 이루어져 있는데(이런 구성은 '아시아 출판사'와 번역자가 임의로 설정한 것입니다), 이 책은 별책의 마지막 권에 해당합니다.

이 책을 손에 들었다는 것은 저자에 대해 알고 있거나 시리즈 중 앞서 나온 책을 만나보았다는 뜻일 테니, 저자인 제임스 헤리엇에 대한 소개는 생략하겠습니다. 제1권에 이미 나와 있으니까요.

시리즈를 접해본 분들은 알고 있겠지만, 본책은 1972년부터 1981년까지 출간된 4부작으로, 제목은 다음과 같습니다.

이 세상의 모든 크고 작은 생물들

이 세상의 눈부시게 아름다운 것들

이 세상의 똘똘하고 경이로운 것들

그들도 모두 하느님이 만들었다

(이 제목들은 영국의 시인 세실 프랜시스 알렉산더의 찬송가 구절에서 따온 것입니다.)

이 연작은 하나같이 작가 자신의 삶과 체험을 담고 있습니다. 수의대를 졸업한 뒤 대러비로 이주하여 수의사로 일하면서 만난 사람과 동물들, 꽃다운 처녀와 만나 연애하고 결혼하는 이야기(제1권)/ 달콤한 신혼 시절, 그럼에도 걸핏하면 한밤중에 호출을 받고 소나 말의 출산을 도우러 나가야 하는 수의사의 고락과 시골 생활의 애환(제2권)/ 제2차 세계대전 때문에 공군에 입대하여 훈련받는 틈틈이 대러비와 아내를 그리며 과거를 회상하는 이야기(제3권)/ 군에서 제대하고 대러비로 돌아와 아들과 딸을 낳고 지역 사회의 명사가 되는 이야기(제4권).

옴니버스 형식으로 전개되는 에피소드들은 과거와 현재를 넘나들고, 인간과 동물의 경계를 허뭅니다. 《워싱턴 포스트》지의 서평대로, "어떤 이야기는 재미있고, 어떤 것은 훈훈하고, 어떤 것은 극적이고, 또 어떤 것은 눈물을 자아낼 만큼 감동적"입니다. 그렇긴 하지만 이 책들은 실제적 사실을 그대로 서술한 것은 아니기 때문에 '자전적 소설'로 분류됩니다. 그러니까 체험 사실을 바탕으로 작가 나름의 상상력을 발휘하여 재미난 읽을거리를 창작했다는 뜻이겠지요.

헤리엇의 글을 읽으면서 무엇보다 감동적인 것은 자연과 그 품안에서 살아가는 모든 생물들에 대한 저자의 순수한 애정입니다. 하지만 그 애정은 하루아침에 생겨난 것이 아니라 온갖 곤혹과 혼란과 분노를 겪는 동안에 생겨난 것이고, 그 자신이 수의사로서 가장 적당한 곳에서 일하고 있다는 자각에서 비롯한 것입니다. 게다가 그 자각에 이르는 과정은 어떤 설명이나 이치가 아니라 갖가지 구체적인 에피소드를 통해 어느덧 독자들의 마음에 진솔하게 전달됩니다. 헤리엇이 들려주는 이야기는 말하자면 사람 사는 세상의 드라마이고, 그의 책들이 영화와 드라마로 각색되어 인기를 얻은 것도 다 그런 배경과 맥락 덕분일 것입니다.

헤리엇의 책들이 인기를 얻게 되자 출판사에서는 별책(별도로 편집한 책들)을 펴내기 시작했습니다. 위의 본책(4부작)에 실린 이야기들 가운데 개에 관한(또는 개와 인간의 관계에 관한) 글들만 따로 엮어서 『수의사 헤리엇의 개 이야기』(James Herriot's Dog Stories, 1986)를 펴냈고, 고양이에 관한 글들만 따로 엮어서 『수의사 헤리엇이 사랑한 고양이』(James Herriot's Cat Stories, 1994)를 펴냈습니다. 그리고 1995년에 저자가 타계한 뒤, 저자의 아들이 머리말을 쓴 『수의사 헤리엇이 사랑한 동물들』(James Herriot's Animal Stories, 1997)이 출간되었는데, 그게 이 책입니다.

그러니까 이 책은 저자인 제임스 헤리엇(본명은 제임스 앨프레드 와이트) 선생의 아들인 짐 와이트가 돌아가신 아버지를 추모하며 펴낸 특별판이라고 할 수 있습니다. 짐 와이트는 본책에서 '지미'라는 이름으로 나오기도 하는데, 이 꼬마는 자라서 수의사가 되었고, 아버지의 동물병원에서 함께 일하다가 나중엔 병원을 물려받기도 했지요. 뿐만 아니라 (앞의 머리말에도 나오지만) 아버지의 전기—『실제의 제임스 헤리엇』(The Real James Herriot, 1999)—를 쓰기도 했습니다.

이 책에 실린 10편의 이야기는 본책 네 권에 실린 이야기들 중에서 뽑은 것이기 때문에 편집을 맡은 아들로서는 가장 아버지다운 글을 가려낸 것일지 모르지만, 시리즈를 읽은 독자들로서는 이미 읽은 글을 또 만날 수도 있습니다. 그런 책을 따로 엮어 펴낸 이유는 자명합니다. 삽화를 함께 실었기 때문입니다. 그냥 평범한 삽화가 아닙니다. 레슬리 홈스(Lesley Holms)의 아름답고 세련된 수채화는 헤리엇의 글에 풍경을 더하고 색칠을 더해서, 저자가 살았던 시대와 장소의 숨결을 더욱 실감나게 되살려놓고 있습니다. 그래서 독자들에게 감동적인 독후감을 선물처럼 안겨주고, 이 책의 소장 가치를 더욱 높여 주는 것이지요.

레슬리 홈스에 대해서는 그녀 자신의 소개말을 전하는 것으로 대신하겠습니다.

—나는 잉글랜드 콘월 주 남서부의 팰머스 외곽에 있는 15에이커의 작은 농장에서 양과 말, 닭, 오리, 개들과 함께 살고 있습니다. 나는 주로 풍경을 그리지만, 주위에 보이는 풍경 속의 동물을 그리는 것도 좋아합니다. 나는 콘월에서도 가장 외지고 후진 곳에 살기 때문에 그림 소재는 부족하지 않습니다! 가능하면 언제든지 내가 있는 그 자리에서 풍경화를 그립니다. 나는 실물을 직접 보고 그리는 것이 매우 중요하다고 생각합니다. 나는 유화와 수채화를 그리지만, 드로잉이 내 모든 작품의 기본입니다. 나는 또한 에칭도 좋아하고, 에칭에 필요한 수련도 즐깁니다.

나는 1958년에 아프리카(잠비아의 루사카)에서 태어나 독학으로 그림을 익혔습니다. 지금은 뉴린파(1880년대부터 20세기 초반까지 콘월 주 펜잔스에 인접한 어촌 뉴린에 모인 화가 집단) 화가들을 공부하고 있는데, 그들은 나에게 많은 영감을 줍니다. 나는 내 작업실과 여러 화랑에서 내 작품을 팔고 있으며, 네 권의 스케치북을 펴냈고, 수의사 제임스 헤리엇의 책 세 권에 삽화를 그렸습니다. 인생의 대부분을 그림에 바칠 수 있다니, 이 얼마나 큰 행운인지 모릅니다!

이 시리즈의 제1권이 2016년 10월에 나왔으니, 본책과 별책을 합쳐 일곱 권이 나오는 데 얼추 3년이 걸린 셈입니다. 많이 팔리지는 않았지만 그래도 제법 팔리기는 했는지, 출판사에서도 도중에 그만두자는 얘기가 없었습니다. 그래서 나도 크게 부담되지 않을 정도의 열의와 노력을 번역에 쏟을 수 있었지요. 일곱 권이나 되는 번역 작업을 계속할 수 있었던 것은 뭐니뭐니 해도 책들이 지니고 있는 매력 때문입니다. 책을 읽을 때 흔히 재미와 감동을 찾는데, 이 시리즈에는 그것이 넘쳐나니까요.

마지막 권을 마무리하면서, 이 시리즈의 출간을 기획하고 편집을 맡아 마지막까지 수고를 아끼지 않은 김형욱 편집장에게 고마운 마음을 전하지 않을 수 없군요. 이 시리즈에 관심을 가져준 독자들에게도 감사를 드립니다. 이 시리즈가 죽지 않고 목숨을 계속 유지할 수 있었던 것은 그들의 따뜻한 눈길 덕분이니까요. 끝으로, 이 시리즈에 더욱 관심을 가져줄 미지의 독자들에게도 감사를 드리고 싶습니다. 이 시리즈뿐만 아니라 이 나라의 출판 산업도 그들의 손에 달려 있을 테니까요. 이 책을 읽는 것이 결국은 출판을 진흥시키는 길이기 때문입니다.

고맙습니다.

2019년 초여름, 제주 애월에서
김석희

옮긴이 김 석 희

서울대학교 불문학과를 졸업하고 대학원 국문학과를 중퇴했으며, 1988년 한국일보 신춘문예에 소설이 당선되어 작가로 데뷔했다. 영어·프랑스어·일어를 넘나들면서 고대 인도의 서사시인 『라마야나』와 『마하바라타』(아시아 출판사), '수의사 헤리엇의 이야기' 시리즈, 허먼 멜빌의 『모비 딕』, 스콧 피츠제럴드의 『위대한 개츠비』, 헨리 데이비드 소로의 『월든』, 알렉상드르 뒤마의 『삼총사』, 쥘 베른 걸작선집(20권), 시오노 나나미의 『로마인 이야기』, 다니자키 준이치로의 『미친 사랑』 등 많은 책을 번역했다. 역자후기 모음집 『번역가의 서재』 등을 펴냈으며, 제1회 한국번역대상을 수상했다.

수의사 헤리엇의 이야기 7

수의사 헤리엇이 사랑한 동물들

2019년 7월 19일 초판 1쇄 펴냄

지은이 제임스 헤리엇 | **그린이** 레슬리 홈스 | **옮긴이** 김석희 | **펴낸이** 김재범
편집장 김형욱 | **편집** 강민영 | **관리** 김주희, 홍희표 | **디자인** 나루기획
인쇄 굿에그커뮤니케이션 | **종이** 한솔PNS

펴낸곳 (주)아시아 | **출판등록** 2006년 1월 27일 | **등록번호** 제406-2006-000004호
전화 02-821-5055 | **팩스** 02-821-5057
주소 경기도 파주시 회동길 445(서울 사무소: 서울시 동작구 서달로 161-1 3층)
이메일 bookasia@hanmail.net | **홈페이지** www.bookasia.org
페이스북 www.facebook.com/asiapublishers

ISBN 979-11-5662-409-7 (04840)
　　　　979-11-5662-274-1 (세트)

*값은 뒤표지에 표시되어 있습니다.

이 도서의 국립중앙도서관 출판예정도서목록(CIP)은 서지정보유통지원시스템 홈페이지(http://seoji.nl.go.kr)와 국가자료공동목록시스템(http://www.nl.go.kr/kolisnet)에서 이용하실 수 있습니다.(CIP제어번호 : CIP2019015068)